PENROD

全球最经典的一百本少儿书

男孩
彭罗德的烦恼

【美国】布斯·塔金顿/著　　韦宇/译

江苏凤凰文艺出版社
JIANGSU PHOENIX LITERATURE AND ART PUBLISHING, LTD

图书在版编目（CIP）数据

男孩彭罗德的烦恼／（美）布斯·塔金顿
（Booth Tarkington）著；韦宇译. —南京：江苏凤凰
文艺出版社，2019.7
（全球最经典的一百本少儿书）
ISBN 978-7-5594-1989-7

Ⅰ. ①男… Ⅱ. ①布… ②韦… Ⅲ. ①儿童小说－长篇小说－美国－现代 Ⅳ. ①I712.84

中国版本图书馆CIP数据核字(2018)第088336号

男孩彭罗德的烦恼

[美]布斯·塔金顿　著

责任编辑　邹晓燕
装帧设计　王晨玥
责任印制　刘　巍
出版发行　江苏凤凰文艺出版社
　　　　　南京市中央路165号，邮编：210009
网　　址　http://www.jswenyi.com
印　　刷　江苏凤凰新华印务有限公司
开　　本　880×1230毫米　1/32
印　　张　6.625
字　　数　160千字
版　　次　2019年7月第1版　2019年7月第1次印刷
书　　号　ISBN 978-7-5594-1989-7
定　　价　32.00元

江苏凤凰文艺版图书凡印刷、装订错误可随时向承印厂调换

目录
CONTENTS

第 一 章　男孩与狗 / 001

第 二 章　传奇小说 / 006

第 三 章　演出装扮 / 012

第 四 章　绝地反击 / 017

第 五 章　儿童圆桌骑士盛会 / 022

第 六 章　傍晚 / 029

第 七 章　喝酒的坏处 / 031

第 八 章　学校 / 035

第 九 章　翱翔 / 039

第 十 章　约翰姨夫 / 043

第 十 一 章　忠诚的小狗 / 051

第 十 二 章　接受邀请 / 057

第 十 三 章　天花药水 / 065

第 十 四 章　莫里斯·利维的体质 / 071

第 十 五 章　两个家庭 / 079

第 十 六 章　新的明星 / 089

第 十 七 章　从演出事业中退休 / 100

第 十 八 章　音乐 / 107

第 十 九 章　男孩的天性 / 116

第 二 十 章　天使们的弟弟 / 122

第二十一章　鲁佩·柯林斯 / 128

第二十二章　模仿者 / 135

第二十三章　黑人部队在战斗 / 145

第二十四章　"小绅士" / 150

第二十五章　柏油 / 157

第二十六章　平静的下午 / 169

第二十七章　平静下午的结局 / 179

第二十八章　十二岁 / 185

第二十九章　范琼 / 191

第 三 十 章　生日派对 / 196

第三十一章　在栅栏上 / 204

第一章

男孩与狗

男孩彭罗德坐在后院的栅栏上，一脸愁容地看着他的小狗公爵。他有些羡慕公爵，而公爵此刻一脸怅惘。

粗心的大人们只看到一个棱角分明的男孩，却不曾留意在这帅气阳光的面庞的背后，一个痛苦的灵魂正在挣扎。独处时的彭罗德总是一副神秘冷漠的样子，他练习这种高深莫测的表情已经很久了，并且带着这表情迎来了人生中的第十二个年头。"这个世界充满了误会，防范的本能让人尽可能地不露声色。"当彭罗德明白了这个道理，就再也难从他的脸上发现什么了。彭罗德已经习惯把自己藏得很深，就像今早洛拉·卢布什夫人组织的文学活动，尽管他对此深感厌恶，但却将情绪隐藏得很好。几乎城里的每个人都尊敬卢布什夫人，她热衷慈善、热爱文艺、具有诗人气质，是彭罗德母亲最亲密的朋友之一。

洛拉·卢布什夫人准备了一个"儿童圆桌骑士[①]盛会"的剧本，计划今天下午在女性艺术协会大厅为"少数族裔儿童促进会"进行公开义演。彭罗德·斯科菲尔德刚刚结束一个星期疲惫的学校生活，本来他的天性中还残存着一丝孩童的天真自由，此刻却因为要

---

① 圆桌骑士：中世纪不列颠君王亚瑟所领导的一群优秀骑士。

扮演一个叫做小兰斯洛特先生的人物，整个人都感觉受到束缚、别扭起来。一想到还有那些饱含人物情感的对白，他更是不由得觉得烦躁厌恶。

每次排练之后，他都谋划着逃跑，十天之前甚至看到了一丝曙光，因为洛拉·卢布什夫人患了重感冒，有可能变成肺炎；但她恢复得很快，甚至没有耽误一场排练。公演的阴云一直笼罩着彭罗德，黑暗的那一刻即将来临，他甚至盘算着自残，这样就不用在公共场合扮演小兰斯洛特先生了。想法很壮烈，但稍微尝试了几次后，他决定还是算了吧。

已经到了最后的时刻，他逃不了了，只能郁闷地坐在栅栏上，羡慕地看着他的小狗公爵，完全忽略了公爵怅惘的表情。

名字往往寄托着人们对美好的向往，而实际却恰恰相反。公爵明显是一只杂交的狗。它身材瘦弱，嘴边一圈杂毛，胡须灰白，像个乱糟糟的老邮递员。即便如此，彭罗德仍然羡慕公爵，因为永远不会有人逼着公爵去扮演小兰斯洛特先生。他觉得做只狗真好，自由自在，不受束缚，可以来去如风，但是他忘了公爵过的是什么样的日子。

彭罗德坐在栅栏上，内心演绎着大段独白，那是一段哀怨的独白，没有具体的文字，但那一个个形容词，在这个小男孩脑海中化作电影中的一帧帧图像，不停地播放着，仿佛预示着他即将面临的可怕未来。最后，他终于气急败坏地大声叫喊，吓得蹲坐一旁的公爵猛然一跃，警惕地竖起一只耳朵：

我是小兰斯洛特·杜莱特爵士，
我心地善良，温柔谦恭，
虽然我只是个小孩子，
但是我心地善良、温柔——呸！

除了最后这个"呸"字,其他都是小兰斯洛特爵士的台词,由洛拉·卢布什夫人亲自创作。彭罗德念不下去了,他从栅栏上滑了下来,一边沉思,一边迈着缓慢的步子来到偏屋的马厩。这是一个单室储物间,水泥地面,里面的物品杂七杂八:有老旧的油漆桶、腐烂的花园浇水软管、残缺的地毯、废弃的家具,还有一些其他的东西,大都是些使用不了却弃之可惜的物件。

角落里竖立着一个大箱子,两面贴着墙壁,占据了整个屋子相当大的空间。这个大箱子有八英尺高,顶部敞开,之前装锯木屑用的,这些木屑是给屋子另一边牲畜栏里的马做铺垫的材料。箱子又高又大,外观似塔,内部宽敞,但已经不再履行它原先的职责。巧的是,那匹马死的时候还剩下至少半箱锯木屑。马已经死了两年,这期间一直没有交通工具来填补空缺,彭罗德的父亲一直在"考虑"要入手一辆小汽车。与此同时,不论是战争年代还是和平时期,这敞亮的大木屑箱犹如老天爷慷慨的赏赐一般,成了彭罗德的城堡。

箱子正面写着几个模糊不清的字,反映了城堡主人多次兴起的商业念头:

OK 野兔公司

彭罗德·斯科菲尔德公司

欢迎询价

这是男孩彭罗德之前假期里的一次商业冒险,一度还赚了些钱,加起来有一块三毛八。然而,乐极生悲。虽然当时储物间已经上了锁并有人看管,但是二十七只野兔和比利时家兔一夜之间全部死光——倒不是因为商业对手的恶意打击,而是因为一群野猫的突然"造访"。野猫们穿过牲畜栏通往屋外的小洞,踏过锯木屑,肆无忌惮地横扫储物间。兔子的遇害标志着彭罗德此次商业冒险以失败而告终。

彭罗德爬到箱子外的一个木桶上,踮着脚尖,抓住箱子边缘,然后利用箱子外一个节孔作为支撑,脚一蹬,一条腿跨进箱子,接着纵身一跃,整个人跳进了箱子里。他站在箱内厚实的锯木屑上,刚好能从箱顶看到外面。

公爵并没有跟着彭罗德进来,它耷拉着身子悲戚戚地趴在巷子外的空地上。彭罗德在黑暗的箱子中摸索到一个大箩筐,箩筐边上有两个把手,每个把手上都拴着晾衣绳,正好有个线轴从屋顶悬垂下来,彭罗德把晾衣绳绕在线轴上,就组成了一个简易的滑轮。他利用滑轮把箩筐一点点降落到箱子外的地面。

"升——降——机!"彭罗德喊道,"叮——叮!"

公爵年纪大了,似乎理解能力也逐步退化,它慢慢地靠近箩筐,不情愿地围着箩筐转了半圈,又用爪子小心拨弄了一下,以为主人应该满意了,然后它大叫一声,偷乐着坐下,抬头看看彭罗德,想蒙混过关。它知道在这件事情上应该怎么做,其实之前已经经历过无数次可怕的教训了。

"升——降——机!"彭罗德严厉地大叫,"你想让我下来抓你吗?"

公爵一下子泄了气,它再一次用爪子有气无力地拨弄了一下箩筐,结果彭罗德在高处大喝一声,它就彻底趴下,就这样一而再再而三,公爵只得摆出一副可怜虫的模样。

"你赶紧的,进升降机!"

无可奈何的公爵满脸绝望地跳进箩筐里,箩筐从箱子外面吊起,然后落入箱子内部,公爵四仰八叉,直到被彭罗德从箩筐里倒出来,落入木屑堆中。它抖了抖身子,蜷缩成一个面包圈的样子,不久就睡着了。

箱子里很暗,如果把侧面的一块小木板拉开,让外面充足的光线照进来,情况会好很多,但是彭罗德想到了更有趣的办法。他跪下身来,从角落里搜出一个装肥皂的大盒子,从里面拿出一盏没有玻璃罩的煤油灯,接着又搜出了一个大油罐。油罐几乎完好无损,有些细小的裂缝几乎看不出来,这样的油罐被闲置一边,彭罗德觉得有些费解,不过又暗自窃喜,自己可以得到这样的宝贝。

他把油灯在耳边晃了晃,除了干巴巴的金属碰撞声,并没有液体的声音,但是油罐里有大量充足的煤油呀。他把油倒进煤油灯,燃起一根火柴将灯点亮,之后把它挂在了箱子内壁的一颗钉子上。脚下的锯木屑也被洒上了些煤油,火光闪烁,贴近箱子侧面,让人有些担心。还好,挂煤油灯的地方有些焦黑,说明这样的操作并不是第一次,出现致命灾难的可能性极小。

点亮煤油灯后,彭罗德从箱子另一头的锯木屑中掏出一个雪茄烟盒,里面有六根雪茄——棕色卷烟纸里包裹着干草屑烟丝,除此之外,还有一支铅笔,一块橡皮,以及一本小笔记本,封面上是他亲笔书写的几个大字:

英语语法,彭罗德·斯科菲尔德,沃德第七小学,第六教室。

打开笔记本,第一页上还是单纯的学习笔记,但是到了第二页,只剩下窄窄的一行英语笔记"副词不能用来修饰——",学术内容就到此为止了。

后面紧跟着的是:

大盗哈罗德·拉莫雷斯
别名:落基山野人

笔记本里接下来的内容似乎就和"沃德第七小学,第六教室"没什么关系了。

第二章

传奇小说

《哈罗德·拉莫雷斯》的作者彭罗德偷偷点燃一根雪茄,眯缝着眼睛,舒服地靠着箱子的一侧,右肩耷拉在煤油灯下方,弯曲的膝盖托住笔记本。他打开到新的一页,不慌不忙地书写着:

第六章

他从口袋里掏出一把小刀,一边沉思,一边目不转睛地削着铅笔。接着,他伸出一只脚,恶作剧一般用鞋帮蹭了蹭公爵的背,哑然失笑。彭罗德开始了他的创作,但并没有一下子就文思泉涌。最初,他写得很慢,后来越写越快,越写越激动,势如破竹,火星四溅,文学之灯越燃越亮。

威尔逊先生伸手去拿手枪,但我们的主人公快他一步,已经把枪口对准了他,接着说道:"得了吧,老兄,你可别想对我怎么样。"

"哼,你凭什么那么肯定?"威尔逊先生冷笑一声,紧咬着下唇直到流出血来,"你只不过是个江洋大盗,还能吓得倒我!"拉莫雷斯大笑着,枪口依然对着威尔逊先生。

不一会儿,两个人就纠缠在一起。双方都很拼命,但很快威尔逊先生就占了上风,他将拉莫雷斯绑住,并把他的嘴堵住,然后把他独自留下就离开了。周围一片昏暗,拉莫雷斯不停在地上扭动想要挣脱绳索。老鼠出洞咬他,虫子在他身上乱爬,但很快他就成功地用舌尖将塞在嘴里的东西顶了出来,并且松开了绳索。

过了不久,威尔逊先生又回来了,身后还跟着一群探子,他们一起嘲笑:"嘿,看看拉莫雷斯!"他们之所以这般奚落嘲笑拉莫雷斯,是因为拉莫雷斯把绳索又绑回了身上,看起来和原先一样不能动弹,但实际上他可以随时挣脱绳索。"瞧他现在这模样,"他们还在嘲笑,"之前听他说话还以为有多厉害。看他现在还能怎么办,哦,我才不要落到他这个境地。"

拉莫雷斯气坏了,他一跃而起,眼冒怒火,麻利地甩掉绳索。"哈哈!"他轻蔑地笑道,"我建议你们下次不要话这么多。"紧接着又是一场恶斗。他从威尔逊先生手里夺回了手枪,随着"砰砰"两声,两个探子应声倒下,子弹穿过他们的心脏,接着又有两个探子上了西天。现在只剩最后两个探子了,他用匕首猛刺了其中一个,送其归西。夜幕降临,周围一片昏暗,到处都是血,还有老鼠在啃噬尸体。

此刻拉莫雷斯退到墙边,掂量了下还剩最后一颗子弹,朝威尔逊先生的肚子开了一枪。"啊!"威尔逊先生大叫,"你—— ——(这些破折号都是彭罗德加的)"

威尔逊跌跌撞撞地向后退去,疼得嘴里骂骂咧咧。"你为什么—— ——你!"谩骂慢慢变成了冷笑,"我会再抓到你的—— ——哈罗德·拉莫雷斯!"

还剩最后一个坏蛋,他拿起一把斧头,朝我们主人公的脑袋砍去,但没砍到,斧头卡在了墙壁里。我们的主人公也没了子弹,该怎么办呢?斧头卡得不深,随时可以从墙里拔出来。拉莫雷斯一个箭步上前,狠狠咬住坏蛋,差不多把肉都咬了下来。坏蛋大叫"哎哟!——

————好你个哈罗德·拉莫雷斯,为什么咬我?""就是啊,"威尔逊先生随声附和,"他还朝我肚子开了一枪——————"

很快两人就一起开始谩骂。"你为什么要——————"他们气急败坏地喊,"为什么要伤害我们—————— 你个哈罗德·拉莫雷斯!你真是什么都不知道,你以为自己很厉害啊,其实你和别人一个样,你只不过是个——————"

哈罗德很快就听不下去了。"你们能不能文明一点,像个绅士。"他说,"我不会再把你们怎么样了,你们龌龊的语言也影响不到我,只会让自己死得更快。唉,我想你们今天也是够受了,也应该吸取教训,不会再想着找我的麻烦了。"接着,他冷笑着点起一支烟,从威尔逊先生口袋里摸出牢房钥匙,潇洒地走了出去。

不久之后,威尔逊先生和那位受伤的探子包扎好伤口,从地上爬了起来。"————这,我一定会要了那个家伙的命!"两个人一起大声骂道,"如果我们全力抓捕,再抓住他——————他,他绝逃不掉,这个低级的—————————"

第七章

一辆从矿区出发的骡车满载着黄金,此刻正在落基山脉最高处的悬崖山谷间行走。赶车的是一个高个儿男人,他留着长长的柔软的胡子,身上绑着弹药,嘴里骂骂咧咧,因为他知道这里是哈罗德·拉莫雷斯的地盘。"为什么——————你们,你们——————这些骡子!"他骂骂咧咧因为这些可怜的骡子不能走得更快。"你们—— 我会让你们知道,为什么 ———————————"他的话越来越恶毒,"我要抽你们————抽得你们一个星期都走不了路——————你们,你们这些顽固的老————————————骡子!"

他说脏话的嘴巴还没闭上,这时候——

"彭罗德!"

这是母亲的声音,从后门的门廊上响起。

与此同时,午哨被吹响,远远近近地都能听见。我们的传奇小说家还埋头在锯木屑箱里,沉浸在高耸入云的山间,写秃的铅笔停在嘴唇和膝盖之间。眼里闪着光,目光透着沉迷和喜悦。他写着写着,感到负担越来越轻,洛拉·卢布什夫人已经被抛到九霄云外。尤其是当他在描述威尔逊先生、受伤的探子,还有长着柔软大胡子的赶骡人骂骂咧咧说脏话(即使是用破折号含蓄表达)的时候,他觉得扮演小兰斯洛特爵士已经不是什么大事,这一点很神奇。此刻的他,状态更好,更开朗了。

"彭——罗德!"

沉迷和喜悦渐渐退去,他叹了口气,但还是没动。

"彭罗德!我们提前吃午饭,就是为了你,为了让你有足够的时间去准备演出,动作快点!"

彭罗德还是窝在那儿,没有一点儿声音。

"彭——罗德!"

斯科菲尔德夫人的声音靠近了,意味着她就要找到秘密基地。彭罗德一个激灵,赶紧吹灭了煤油灯,黯然地喊道:

"好啦,我这不是在尽快赶过来吗?"

"你快点儿!"母亲的声音不再靠近,接着听到厨房的门被关上了。

彭罗德无精打采地把自己的小基地收拾一番。

他把手稿和铅笔放回到雪茄盒,小心翼翼地把盒子埋到锯木屑里,然后把煤油灯和油罐放回到肥皂盒里,又调整了一下升降机。接着他用坚决的口吻,邀请那位忠实的伙伴坐进去。

公爵亲昵地舒展了下身体,坐到角落里,面对着角落,背对着主人,竖着脑袋,翘着鼻子,以三角之势,夹在角落的两壁之间——这是一只狗表明自己态度的终极宣言。任凭彭罗德如何命令它,怒斥它,或是说好话,哄骗它,公爵依然纹丝不动,只是用眼睛向后看了看。时间一点点流逝。彭罗德卑躬屈膝地讨好,甚至虚情假意地伸手拥抱,都无济于事。最后,他终于失去耐心,怒不可遏。

而公爵依然一动不动,保持着这个姿态,毫不妥协。

脚步声临近储物间。

"彭罗德,快给我从那个箱子里出来!"

"妈妈?"

"你是不是又到那个锯木屑箱子里去了?"斯科菲尔德夫人已经听到从箱子里传来的儿子的声音,她肯定他就在那儿,这问只是表达不满的情绪。"如果你真在那儿,"她接着说,"我就告诉你爸爸,让他不准你再到那儿玩——"

彭罗德的额头、眼睛、耳朵尖,还有大部分头发都从木屑箱顶部露出来了,斯科菲尔德夫人看得很清楚。"我不是在'玩'!"他愤慨道。

"那么你是在做什么呢?"

"我正要下来。"他回答道,语气有些泄气。

"那怎么还不见你来?"

"公爵在这儿呢,我要把它给弄下去,不是吗? 你不会以为我会把一只可怜的小狗留在这儿,让它饿死吧?"

"行了行了,你把它从上面递下来给我,我来——"

"我自己能把它弄下来。"彭罗德说,"我能把它弄进来,就肯定能把它弄出去!"

"那你快弄呀!"

"如果你别管我,让我一人待着,我就能弄出来。如果你回到正屋,我保证两分钟内赶到,真的,我发誓!"

他语气非常急促,于是母亲转过身来,向正屋走去。

"如果两分钟之内你到不了——"

"我肯定到得了!"

母亲离开后,彭罗德给公爵下了最后通牒,依然无果,于是他厌恶地把它抱在怀里,扔进笋筐,接着严厉地喊道:"这是通往一楼的电梯,请进——请往后退,可以了!"他用升降机把狗和笋筐降到箱子外的地面上。公爵长舒一口气,迫不及待地窜出笋筐,当主人从箱子外侧滑下来时,它又蹭过来,以示友好。彭罗德漫不经心地抖了抖衣服,掸了掸灰,感到一丝满足。也许由于下午的临近,这种满足感不是很强烈,但他依然能够察觉得到:这是一种类似于事业有成的满足感。操作升降机并不是一件罪恶的事情,除了让公爵神经紧张,并无其他坏处,但是彭罗德还是没打算在母亲或是其他人面前展示。他不知道为什么要保守这个秘密,他自己也说不清楚。

第三章

演出装扮

午饭过后,彭罗德的母亲和姐姐玛格丽特就开始忙着给彭罗德打扮。玛格丽特今年十九岁,是位漂亮姑娘。下午的演出对彭罗德来说仿佛是一场英勇就义,他站在母亲卧室的窗边,任由她们随心所欲地装扮。

这是个痛苦的过程,起初他保持着沉默,感觉自己比屠宰场里绝望的小牛还要悲戚。他灵魂深处的乖戾,正在不断升华。在之前的一次排练中(那次没有穿演出服),所有人的母亲还有姐姐都去了。洛拉·卢布什夫人宣布,她希望演出服可以"尽可能地复古,尽可能地文艺"。关于其他的具体细节,她说,那就完全仰仗各位的品位了。斯科菲尔德夫人和玛格丽特不是考古学家,但她们相信自己的品位不会比其他妈妈、姐姐们差。她们信心十足,为彭罗德量身设计缝制了一套演出服,唯一让她们担忧的就是这位小兰斯洛特爵士本人是否配合了。

她们让彭罗德把全身上下洗干净,接着就开始打扮了。她们先让他穿上一双长筒丝袜,这双丝袜之前是蓝色的,现在已经泛白,彭罗德穿起来并不觉得宽大,但就是太长了,很容易让人误以为是条紧身裤。

他的上半身罩着一件难以描述的衣服。早在1886年,那时候尚未出阁的斯科菲尔德夫人曾经穿着一条鲜艳的橙红色丝绸长裙参加她的"初入社交舞会"。结婚之后，为了紧跟不同时期的时尚潮流，这条裙子几经修改，直到最后一次，染坊的一次操作失误使得这条裙子的颜色变得格外扎眼。斯科菲尔德夫人曾经想过把它送给厨娘黛拉，但还是没有这么做，因为不知道黛拉会对此如何反应，毕竟现在的好厨子难找。

也许是"复古"（洛拉·卢布什夫人华丽的词藻）这个词激发了她们对这件本已明显毫无用处的服饰的灵感。她们改良设计了衣裙的上半身，最终，这条曾经色彩明艳的衣裙，在小兰斯洛特爵士的前胸、后背还有手臂找到了归属，这也许是它最后一次在社交场合露面了。

被遮住的只有腰以上的部分，距离"紧身裤"顶端还空了一段距离，这段空缺不伦不类，更不复古。然而老天赋予女性的创造性成功弥补了这段空缺，但却是以一种对历史牵强附会的方式。彭罗德的父亲是个作风老派的男人：已经是二十世纪了，但依然没有什么可以改变他在冬天要穿红色法兰绒内衣的执念。有一天，斯科菲尔德夫人正在收拾丈夫冬天的内衣，看到一条已经缩得穿不了的老式裤子，当时她灵光一闪，经过修改后这条裤子就变成了小兰斯洛特爵士的短裤，为整套演出服增添了一抹货真价实的复古风味。她把旧裤子上下颠倒，剪去大部分裤腿，用银色丝带遮住接缝处，已经完全看不出原来的模样了。

为了让彭罗德穿上这条短裤，还需要用一系列别针把它和长筒袜别在一起，这些别针在远处几乎看不出来。彭罗德被严厉警告不可以弯腰，他便直着身子，伸着脚，穿上那双上舞蹈课才穿的便鞋——一双上好的"特质皮轻便舞鞋"，不过此刻，鞋子被镶上了两大朵粉红色玫瑰花饰。

"如果我不能弯腰，"彭罗德沉着脸说，"我想知道演出的时候该怎么下跪——"

"你肯定能做到!"这些话从含着别针的嘴里说出来,竟让人无法反驳。

母女俩给他修长的衣领周围别上了一圈褶皱花边,又在他全身上下别了许多丝带,接着玛格丽特在他头发上厚厚地扑了一层粉。

"啊,对的,没问题。"她说道,回答她母亲刚刚提出的一个问题,"殖民地时期①的人们都是这样在头发上扑粉的。"

"我看着有些不太对——确实不对。"斯科菲尔德夫人温和地反驳道,"兰斯洛特爵士所处时期肯定比殖民地时期要早得多。"

"那也没关系。"玛格丽特安抚母亲,"没人了解有什么不同——洛拉·卢布什夫人是最不可能弄清楚的。我觉得她对这个完全不懂。当然啦,她写的东西确实很棒,那部儿童剧里的台词写得真是优美。彭罗德,你站着别动!"《哈罗德·拉莫雷斯》的作者,抽动了一下。"再说,扑过粉的头发总是很有型的,你看看他,简直都认不出来是彭罗德了!"

玛格丽特说这话的时候,语气中透着自豪和赞美,而彭罗德听到这话时,精神竟振奋了不少。他视野之内并无镜子,虽然一周之前,母亲和姐姐给他粗略地量过身体尺寸,但是他对这套演出服一无所知,也没有任何概念。听了姐姐的话,他开始愉快地在脑海里幻想自己穿着戏服的模样,他想到了乔吉·华盛顿的肖像,又清晰地记起茱莉亚·马洛②小姐在日场演出《第十二夜》中的装扮,他觉得自己的形象应该是介于两者之间。

他的心情更愉快了,因为他拿到了从邻居家借来的一把剑,而

---

①殖民地时期:指美国独立前的十五世纪到十八世纪。
②茱莉亚·马洛(1865—1960):英国出生的美国女演员,以出演莎士比亚的戏剧著名。

那位邻居是皮西厄斯骑士会①的成员。还差最后的一件大斗篷了,这原先是玛格丽特的高尔夫披风,红色法兰绒质地,上面密密麻麻地布满毛茸茸的白色波点,还有个大大的十字,这是根据报纸上十字军战士的广告图片设计的。斗篷是用大别针固定在彭罗德肩膀上的(也就是说,固定在斯科菲尔德夫人那件旧衣裙的肩上),挂在他的身后,一直拖到脚后跟,但是绝不影响他的形象。终于,他可以去照镜子了。

最坏的事情即将发生。如果彭罗德没有太高的预期,没有想得那么诗意和理想化,可能他不会那么暴躁。但事实是,当看到全身镜里的自己时,他反感厌恶的情绪像火山一样爆发了。

维克多·雨果在《海上劳工》中有一段关于主人公和大章鱼搏斗的精彩描述,这让人相信,如果雨果现在依然活着,他说不定能准确描述出彭罗德在看到自己小兰斯洛特爵士扮相后半小时内的情景。可即便是威尔逊先生,就是哈罗德·拉莫雷斯那个懦弱但言语嚣张的仇敌,还有所有破折号后隐去的脏话,都不能生动准确地表达彭罗德此刻的满腔愤慨。就在这一刻,他坚定不移地相信,他被他所爱的人陷害了,她们要让他穿着他姐姐的长筒袜,母亲的半件旧衣裙,当众出洋相。

他认为这些熟悉的东西根本无法伪装,全世界的人只要看一眼就能识破。长筒袜比那半件衣裙更糟糕。他曾经得到保证说肯定看不出来的。但是,当他照了镜子,才发现自己被骗了,谁都能一眼看出他和这长筒袜根本就不搭。这些折痕、皱纹、破洞用一百种方式诉说着它们的过去,引发了地震、日食和月食,还有其他大灾难。狂乱的少年最终妥协于父亲的一通电话,那是一次痛苦的通话,斯科菲尔德夫人已经筋疲力尽,她无计可施,只能打电话给丈夫,让他

---

①皮西厄斯骑士会:一个国际非宗教性质的共济会,1864年成立于美国首都华盛顿。

来降服儿子。

在这之后,母女俩抓紧时间赶忙把彭罗德交到洛拉·卢布什夫人手中。忙里偷闲,她们不由相互感慨一番:还好彭罗德没看出来那条短裤就是他父亲的旧裤子改的,虽然这条裤子有些破旧,但经过改良设计,此刻在小兰斯洛特身体的中间部位光彩耀人。总的说来,她们认为这套演出服还是成功的。彭罗德此刻的形象即使是托马斯·马洛礼爵士[①]和阿尔弗雷德·丁尼生[②]都无法想象的——因为他的这身装扮确实是前无古人。斯科菲尔德夫人和玛格丽特此刻坐在女性艺术协会大厅的观众席上,想到马上就要公演了,她们开始担心彭罗德的语言表达能力和动作表现能力。不过这份担忧很快被另一种情感调和了——在她们的努力之下,彭罗德马上要登台演出,成为家族荣耀,这让她们倍感欣慰。

[①]托马斯·马洛礼(1395—1471):英国作家,整理编著《亚瑟王之死》。
[②]阿尔弗雷德·丁尼生(1809—1892):英国十九世纪著名诗人,曾获桂冠诗人称号。

第四章

绝地反击

小兰斯洛特爵士此刻身处舞台后的大房间里，一屋子都是兴奋的小孩子，全是复古文艺的装扮。彭罗德没自己想的那么扎眼，但是他一心想着他将无法逃避别人对他穿着姐姐长筒袜的嘲讽，羞耻的情绪让他神经紧绷，而实际上其他人和他的情况也差不多。彭罗德一进门就缩到角落里，把肩上的斗篷解开，放到身子前面把自己裹住，然后用别针重新在脖子下别好，这样就看不到戏服的其他部分了。这个小伎俩让他暂时舒了口气，可一想到一会儿演出的时候，这件遮挡的斗篷要敞开，羞耻之情又涌上心头，而且更加强烈。

也有一些其他的小骑士把自己裹在斗篷里，但还是有那么几个家境富裕的小孩子故意扬起肩上光彩夺目的披肩，炫耀从演出商店租来的戏服。特别是小莫里斯·利维，他扮演的是小加拉哈特爵士。这家伙一向唯唯诺诺，今天却到处嚷嚷，让所有人都知道：城里最好的裁缝收了一大笔钱，给他做了一套戏服。这套戏服包括一条蓝色天鹅绒灯笼裤，一件白色绸缎马甲，一套裁剪精美的燕尾服，上面钉的是珍珠纽扣，再加上一件黄色天鹅绒斗篷，配上金黄色流苏的白色小靴子。复古和文艺确实在这身打扮中得到完美结合。

莫里斯容光焕发，他快速走到小兰斯洛特爵士面前，停下脚步，身边立刻聚集了半圈小姑娘。

"你穿的是什么?"莫里斯询问道,"那件旧高尔夫披风下是什么?"

女人永远是华丽富贵的追随者。彭罗德冷冷地看着他和围观的小姑娘们。换作其他时候,这家伙只要靠近,总是毕恭毕敬,甚至诚惶诚恐。但是今天,小加拉哈特爵士被自己华丽的外衣给冲昏了头脑。

"你穿的是什么?"他再一次问道。

"没什么。"彭罗德说,他克制住紧张的情绪,假装很淡定。

莫里斯有些得意忘形,突然来了灵感,"那你是光着身子喽!"他欣喜地大叫,"彭罗德·斯科菲尔德的高尔夫旧披风下什么都没穿,他是光着的!他是光着的!"

那些教养不佳的小姑娘们,也跟着兴奋地咯咯笑了起来。彭罗德感到深深的刺痛,因为他看到扮演小伊莱恩①的玛乔丽·琼斯,那个琥珀色卷发的美丽姑娘,也听到了这个可怕的笑话,而且还笑得很开心。

其他的男孩女孩也都围过来凑热闹。"他光着身子,他光着身子!"小加拉哈特爵士继续尖叫起来,"彭罗德·斯科菲尔德光着身子!他光——着——身——子!"

"安静,安静!"洛拉·卢布什夫人挤进人群,"大家记住,我们今天都是小骑士和小淑女。《圆桌骑士》里的小骑士和小淑女不会如此吵闹的。现在,孩子们,请做好准备,我们就要上台了,大家都到齐了吗?"

趁着大伙儿注意力被分散,彭罗德逃走了。他溜到洛拉·卢布什夫人身后,那儿有一扇门,趁着没人看见,他打开房门,快速溜了出去,把门关了起来。他发现自己身处一个狭长空荡的走廊,走廊

---

① 伊莱恩:亚瑟王传奇故事中的女子,她爱上兰斯洛特爵士,因失恋抑郁而终。

尽头是一扇门,门上写着"门卫室"。

彭罗德此刻怒火中烧,玛乔丽·琼斯冷血欢快的笑声让他心痛不已。他双肘撑着窗台,思忖着从二楼阳台上跳下去会是怎样一个结果。不过,他放弃了这个想法,其中一个原因是他要让莫里斯·利维吃点苦头:他已经想到如何给小加拉哈特爵士好好上上课了。

一个穿蓝色工作裤、身材壮实的男人穿过走廊,气鼓鼓地自言自语发着牢骚。"我想她们这会儿肯定觉得大厅够热了!"他说。这让彭罗德联想到,一定是某些娇弱的不可理喻的女人,让他去烧锅炉。男人走进门卫室,不一会儿,又出来了,这次没有穿工作裤,他再次从彭罗德身边走过,低声抱怨,隐约听到他说:"去死吧!"然后闷闷不乐地从走廊另一侧的门出去了。

就在门卫开门关门之间,彭罗德听到了大厅传来的声音——那是一大群观众汇聚一堂、客气交谈的嘈杂声。他突然对舞台产生了恐惧感。听到乐队开始演奏序曲,彭罗德剧烈地颤抖起来。他踮着脚尖穿过走廊来到门卫室。这是一条死胡同:除了来路,别无其他出路。

绝望之中,他脱掉斗篷,厌恶地低头打量了自己一番,现在他完全确定,那双长筒袜就是玛格丽特的,和在家里照镜子时看到的一样,太丢脸了。曾有那么一会儿,他也鼓励自己:兴许其他几个男孩的打扮更糟。这时候,他注意到一个用来连接长筒袜和短裤的别针开了。他坐下来,想要把别针重新别好,就在这时,他第一次留意到了这条短裤。之前他一直被长筒袜弄得满腹心事。

看着看着,他慢慢看出来了。

斯科菲尔德家的房子坐落在两条主干道的交汇处。房外的栅栏很矮,所以每到星期一,外人总是能透过栅栏对晾晒在屋外的衣服一览无遗。这让彭罗德很痛苦,男孩子总是对这些事情很敏感。洗衣女工是斯科菲尔德夫人雇来的,她是个平凡耿直的女性,从不给过路行人留下任何想象的空间。她总是淡定地把父亲鲜红色的冬衣晾在屋外,任由它们在风中飘荡,这让彭罗德感到特别丢脸。有一次,玛乔丽·琼斯从这里路过,她衣着整洁,光彩照人,与晾衣绳上挂着的那些东西形成鲜明对比。彭罗德赶紧把自己藏了起来,全身颤栗。他坚信,全城人都熟悉这些衣服,并且在私下嘲笑。

此时此刻,彭罗德瘫软在门卫的椅子里,对即将发生的事情惊恐不安:所有其他小演员、所有台下观众肯定都能认出来他母亲和姐姐给他穿的这一身衣服,对此,他毫不怀疑。他越来越清楚地认识到这个可怕的事实,而这一切马上就要公之于众了。这条短裤更是火上浇油,其可怕程度已经远远超出了那双长筒袜。这些衣服是谁的,曾经是做什么用的,大家很快都会知道!

很多人都做过这样的噩梦:衣着整齐的人群中,只有自己衣冠不整,但彭罗德却更加悲剧:因为彭罗德是清醒着的,他真真切切地感受着这种痛苦。

如果一个成年男性的衣服有明显的缺陷,或是被毁坏了,他可能会觉得很丢脸,觉得难以忍受,会有一种孤立无援的感觉,觉得每一秒都很难熬,除非他可以恢复到和其他同类人一样的状态,否则这样的感觉不会消失。为此,他会歇斯底里,不择手段,甚至是犯罪,只要可以达到目的。对于女性来说,同样的境遇下,她的反应远不如男性那么激烈。在这方面,小男孩和成年男性是一样的。彭罗德盯着身上这条可怕的短裤,感觉受到了重创,感觉比光着身子还要糟糕,恐惧已经占据了他的灵魂。

"彭罗德·斯科菲尔德!"

走廊另一头的门被打开了,一个声音在呼唤他。在走廊上是看不到他的,但是,呼叫的声音越来越大,彭罗德蜷缩在椅子里,他知道自己马上就要被发现了,最多也就几秒钟的事。

"彭罗德·斯科菲尔德!"洛拉·卢布什夫人厉声叫道。

慌乱中彭罗德站了起来,"哗"的一声,一根长别针深深扎进他的后背。他简直要疯掉了,一把拔出别针,随之而来"撕拉"一声,响亮绵延。他清楚地知道哪里裂开了,惊恐地停留在最后那个动作。

"彭罗德·斯科菲尔德!"洛拉·卢布什夫人已经到了走廊。

此刻已到绝境,真的要完蛋了,要身败名裂了。小亡命徒的目光最终落在了门卫挂在墙上的那条蓝色工作裤。

他急中生智,立刻行动了起来。

第五章
儿童圆桌骑士盛会

"彭罗德!"洛拉·卢布什夫人站在门口,愤怒地瞪着眼前这位用斗篷从头裹到脚的小兰斯洛特爵士。"你知道你让五百多位观众等了十分钟吗?"彭罗德心想,如果她一直这样滔滔不绝,其实也在耽误那五百多位观众的时间。

"知道了。"彭罗德镇定地答道,并顺从地跟着洛拉夫人来到了乱嗡嗡的舞台,"我刚刚只是坐在那儿思考。"

两分钟之后,舞台帷幕拉开,眼前是一个中世纪城堡的大厅,采用新式的德国舞台工艺搭建,配上粉色和蓝色的幕布。小亚瑟王和小格温娜薇尔王后坐在宝座上,小伊莱恩等都在一旁侍奉着。大约有十五名小骑士围坐在餐厅的圆桌边,桌上铺着一张巨大的东方风情的毛毯。为了给骑士们解乏,此刻厅内正在大摆宴席,桌上还摆放着一些纯银小酒杯和一些战利品,这些道具都是从乡村俱乐部和一些汽车制造商那里借来的。

除了这些熠熠生辉的陈设,还有些盆栽和棕榈植物,无论是舞台上还是现实中的城堡,再没有比这更奢华的布置了。

脚灯加上大厅后侧聚光灯投射的光线让孩子们身处一片光亮之中。

观众们见此欣喜不已,齐声赞叹"哦——哦",接着孩子们就有

气无力地唱了起来:

> 我们是《圆桌骑士》里的孩子,
> 我们是小骑士和小淑女。
> 让我们的声音传扬四海,
> 一起歌颂信仰、希望和仁慈!

小亚瑟王站了起来,伸出权杖,如发号施令般说道:

> 每一位小骑士、小淑女,
> 无论多么渺小,
> 无论儿童世界多么喧闹,
> 都应举止文明高贵,
> 请每个人轮流上前告诉我,
> 为何你可以赢得骑士身份。

反派角色小莫德雷德爵士从圆桌旁站了起来,大声说出自己的台词,这些句子在彭罗德听起来一点都不反感。扮演小莫德雷德爵士的是乔吉·巴西特,现实中是一个天使般的男孩。他完美的行为举止让他赢得"小绅士"这样一个讽刺的称号,认识他的男孩子们都这样称呼他(实际上,他并没有什么朋友)。正因为如此,其他男孩都以为他被选出来扮演邪恶的莫德雷德是对他优秀品德的"奖励"。他沉着冷静地朗诵道:

> 我是小莫德雷德爵士,
> 自私邪恶是我的专长,
> 黑暗无边是我的彼岸。

我就是那个无法无天,无情无义,
粗野庸俗的莫德雷德。

小莫德雷德被众人指责,没有得到奖励,但是他似乎和其他人一样,已经获得了骑士称号。计谋得逞后他退场了。紧接着,莫里斯·利维站了起来,他鞠了个躬,向众人宣布他是小加拉哈特爵士,然后继续冷静地朗诵道:

我是最纯洁的爵士,
每天我都想着要做最善良的事情。
我把财富分给穷人,
永远追随上天的指引。

小亚瑟王对此十分赞许,他吩咐莫里斯"往前站",靠近王座的莫里斯自视为有功之臣,欣然服从。

到彭罗德上场了。他退到椅子后面,和观众隔了一张桌子,开始了他的独白:

我是小兰斯洛特·杜莱特爵士,
我心地善良,温柔谦恭,
虽然我只是个小孩子,
但是我心地善良,温柔,
我也贡献着我的一份力量,虽然——,虽然——

彭罗德停了下来开始大喘气。洛拉·卢布什夫人的声音从侧面传了过来,她焦急地提示着他,小兰斯洛特跟着重复:

我也贡献着我的一份力量,虽然是微薄之力。
请授予我骑士的称号!

同样地,这也得到了国王的赞赏,彭罗德也遵命站到了宝座跟前,旁边就是小加拉哈特爵士。他穿过舞台的时候,斯科菲尔德夫人悄悄对玛格丽特说:

"那孩子!他怎么拆了斗篷上的别针,把里面的衣服全部都遮住了,我们可是花了好大的精力给他做的!"

"没关系的,他一会儿就要把披风脱下。"玛格丽特回答道。她突然身体前倾,眯着眼睛,想要看得更清楚。"他左脚脚踝上挂着什么?"她有些不安地轻声说道,"好奇怪!肯定是被什么东西缠住了。"

"在哪里?"斯科菲尔德夫人问道,她也开始有些不安。

"在他的左脚,什么东西弄得他跌跌撞撞的。你没看见吗?这看上去——看上去像是一只大象的脚!"

小兰斯洛特爵士和小加拉哈特爵士紧扣双手,站在小国王面前。彭罗德清楚地感受到自己高涨的情绪。再过一会儿,他就要脱下斗篷,但是他并不害怕,因为斗篷里面还有一件衣服保护着他。之前的怯场已经荡然无存,舞台上耀眼的灯光使得黑暗中的观众们的视野变得一片模糊。他最厌恶的那段台词(台词里称自己只有"微薄之力")已经念完了。现在,终于他手里握着小加拉哈特爵士湿乎乎的小手。他的手指狡猾地从莫里斯的手掌滑向他的手腕。两个男孩齐声朗诵道:

我们是《圆桌骑士》里的两个孩子,
四处传递仁慈善良。
我们有爱心,做好事,竭尽全力。

愿我们小小的努力可以带来福祉。
我们在此献上两颗小小的真心。您将看到
我们团结友爱，怀揣信仰，希望和仁——哎哟！

二重唱的收尾被毁了。小加拉哈特爵士突然身子一僵，控制不住地痛苦大叫一声，一瞬间做了个柔体表演。"他在掐我的手腕！该死的，快放开！"

洛拉·卢布什夫人的声音再次从侧面传了过来，听起来愤怒至极。彭罗德放开了手中的猎物，小亚瑟王也变得有些惊恐不安，他伸出权杖，在愤怒的提词者帮助下，说道：

《圆桌骑士》里可爱的小朋友们，
你们情同手足，充满仁爱，
兰斯洛特爵士，你说得很好，
加拉哈特爵士，你的声音如银铃般清脆，
现在请脱掉你们华丽的斗篷，
就在今天，你们将成为骑士。

于是彭罗德脱去了斗篷。

观众席传来一片巨大的唏嘘声，就像是五百个正在泡澡的人完全没想到会遇到一个巨浪。这唏嘘声还不规则地点缀着一些叫喊声、错愕声、惊喜声，分明还有两声凄凉忧郁的惊叫。所有的一切汇聚在一起构成了一种特别的声音，只要是听过的人都不会忘记。这声音就和此刻舞台上的场景一样令人难忘。"场景"这个词用在这里真是恰如其分。对于彭罗德来说，他脱下斗篷，在一片复古的、艺术性的光芒笼罩之下，穿着门卫的蓝色工作裤亮相，真是一"景"。

门卫是个壮实的男人，他的工作裤在彭罗德身上简直是浩瀚无边。小男孩立刻被淹没在一片蓝色之中,之前匆忙卷起的左边裤腿已经滑落下来,正如玛格丽特观察到的那样,非常显眼,像个大象腿。小兰斯洛特爵士的造型绝对是舞台一"景"。

大厅里的很多人肯定当时就意识到他们正在目睹一段"历史的创造"。这是一场无与伦比的表演,带着永不磨灭的印记。但彭罗德真是个让人不可思议的男孩,他十分淡定,一边开始朗诵着台词,一边脱去斗篷准备受封:

我是第一个,小兰斯洛特爵士,
我志愿受封为骑士,
我在您的王座前跪拜,
我宣誓将——

大家都没听清他是如何收尾的。观众们已经恢复了正常呼吸,但已经无法控制自己,接下来发生的事情被称为是一种"文雅的骚乱"。

"盛会"中的演员并没有像大家想的那样,被彭罗德的演出服给惊呆。还是有几个早熟聪明的孩子领悟到,工作裤是小兰斯洛特爵士对母亲本意的反抗。他们对彭罗德佩服之极,就像是一群野心勃勃的年轻罪犯对即将被绞死的狱友那样。但大部分孩子还是简单地以为这就是彭罗德母亲给他打扮的样子,虽然觉得有点奇怪,但也没有很惊讶,反而深感同情。他们还是尽力把"盛会"继续了下去。

他们的努力虽然短暂却很勇敢。可观众席里抑制不住地发出一阵阵笑声,这让他们感到困惑。每当小兰斯洛特开口,这宽敞昏暗的屋子就陷入一片狂笑,这让孩子们费解。观众中有坚强的夫人,也有勇敢的姑娘,她们跑到休息室,相互扶着,尖叫大笑。其他人还留在座位上,笑得椅子摇晃,笑得精疲力竭,但依然无法控制住自己。坐在斯科菲尔德夫人和玛格丽特附近的人都知趣地悄悄溜走了。几个朋友在后台看到卢布什夫人却大感意外,他们从没见过这样的卢布什夫人,事后,他们说卢布什夫人当时都不知道自己在做什么。她请求和彭罗德·斯科菲尔德单独待上一会儿,只要一小会儿。

他们拽着她离开了。

第六章

傍晚

太阳落到了后院的栅栏上,彭罗德慢慢走近,他若有所思地看着栅栏顶端,想着要爬上栅栏坐一会儿。他斟酌了一下,用手指自上而下轻柔地摸了摸小腿肚,然后决定哪儿都不坐了。他倚着栅栏,重重地叹了口气,注视着公爵,他那条一脸怅惘的狗。

叹息声源于一些不愉快的回忆,一幕幕在他脑海中慢慢浮现。其中最痛苦的一幕是看到可爱的玛乔丽·琼斯在哭泣,因为当一团糟的"盛会"结束,舞台帷幕刚一落下时,小兰斯洛特爵士就向小加拉哈特爵士发起了猛攻,后者被前者压倒在地,嗷嗷大叫,好不容易才被人拉开。而玛乔丽竟然打了彭罗德一个耳光,当时他正被门卫拎着路过她身边,形状痛苦。她打完之后,一转身又用胳膊搂着小加哈拉特爵士的脖子。

"彭罗德·斯科菲尔德,我要让你这辈子都不敢和我说话!"小白靴子和金色流苏增加了莫里斯说话的底气。

回到家,前小兰斯洛特爵士被锁在小房间里,等着父亲回来。斯科菲尔德先生到家后,按古老的家法处置。这条家法年代久远到不可思议:可能源于原始社会,甚至是史前社会,但如今在里帕布利克县的一些古宅里依然流行。

这就是为什么此刻彭罗德倚靠着栅栏长叹着气。

如果把他当作一个有类似经历的成年人，回想起那个锯木屑箱子，我们可以想象得到：一位严肃、富有创造力的作家，偏居一隅，进行着自己喜爱的文学创作。我们看到，这段时期创作的篇章以展现男子气概为特征，描述的都是些血气方刚的事情。我们还能看到，这样一位男子从自己的僻静之处被人拉到大庭广众之下，被逼登台表演。身为一位作家，却要被迫去抒发另一个作者的恶心情感。他不仅讨厌这位作者本人，更鄙视这位作者一系列学院派的创作方法。

我们还能看到，绝望中的他企图力挽狂澜，偷了一条工作裤。可以想象得到，他因此毁了名声，并且使家族蒙羞。后来，他参加了决斗，却被他心爱的人唾弃，并对外宣称要永远与他断交。最后，我们一定看到了他被当局监禁，遭受了严刑逼供和拷打。

我们想象中的这位成年人真是命途多舛啊。而彭罗德在短短八个小时之内经历了全部。

不过，他隐约觉得这几天过得还挺充实。他倚着栅栏，瞅着公爵，再次叹了口气，喃喃道：

"好吧，这真是不平凡的一天啊！"

不一会儿，天空最高处出现了一颗星星，熠熠发光。彭罗德抬起头，无意中看到了这颗星星，感到有些昏昏欲睡。他觉得有点累了，打了个哈欠，又叹了口气。夜幕降临，这一天也要结束了。

第七章

喝酒的坏处

第二天,彭罗德通过一种简单而古老的技巧获得了一枚一角硬币,这种技巧无疑已被巴比伦男孩实践过很多次。当主日学校老师要求上交每周捐款时,彭罗德诚实并笨拙地在几个口袋里翻找,并成功做出一副很尴尬的样子。然后那位夫人温和地告诉他不用介意,并善解人意地安慰他说她自己也经常忘事。这让彭罗德开始展望未来,他相信自己以后定能定期获得一笔微薄的收入。

下午活动结束之后,他没有回家,而是大肆挥霍刚刚的非法所得,并以一种严令禁止的方式恣意狂欢。在教堂附近的一家杂货铺,他花了五分钱买了一袋糖果,大部分是味道很重的牛蹄子糖,数量很充足,而且还不容易化。如果买糖人还觉得钱花得不值,那真是贪得无厌了。

带着斋日点心,彭罗德把剩下的钱贡献给了电影,这家电影院被法律允许在星期天开放,虽然道德上并没有获得当局支持。他舒服地坐在黑暗的角落,从纸袋里拿出磨牙的硬糖塞进嘴里,一块接一块。肝脏无声地帮助彭罗德进行着糖代谢。他一边满足地吃着,一边看着银幕上正在无声表演的男演员。

有一部电影给他留下了深刻印象。电影生动地描述了一个酒鬼的人生。开始的时候男主人公和一群游手好闲的人在一起喝啤酒。接着画面莫名其妙地转换到另外一个场景,在那里他穿着晚礼服,身边围着一群女人。再后来,酒精让受害者在家里性情大变,观众目睹了这个不幸的男人殴打他的妻子,随后是小女儿苦苦恳求父亲放下手中的棍杖。后面,母女两人在一个大雪天逃跑,去寻求一位亲戚保护。影片最后以这个酒鬼在疯人院门口的怪异行为而告终。

彭罗德太着迷了,他迟迟没有离去,直到影片又重头播放。这时候他已经吃完了那袋不寻常的美食,并且基本上决定:长大后绝不能成为一个酒鬼。

他万分满足地从电影院里出来,路过珠宝店前的公共大钟。大钟上显示的时间让他措手不及。回家后该如何解释这几个小时的闲混呢?主日学校放学后必须直接回家,这是不容改变的规矩。而且星期天的规矩尤其重要,因为这一天父亲一直在家,随时可以动手实施家法,这让他感到危机四伏。少年时代最辛苦的事情之一,就是总要为自己每一个肆意行为做出合理解释,创造力总是持续在高压之中,非常折磨人。

回家路上,暮色愈加深沉,彭罗德蹦跳着小跑着,尽快往回赶。脑子里同时还盘算着如何解释他今天长时间的耽搁。快到家的时候,他开始逐字逐句地排练那段自我辩解的台词。

"事情是这样的,"他打算如此开场,"我可不愿因为一件我无能为力的事情而受到责备,没有哪个男孩子愿意如此。我正沿着路边走,路过一间村舍的时候,一位夫人把头探出窗户,说她丈夫喝醉了,正在鞭打她和她女儿,然后她问我能不能进屋帮忙拽住他。于是我就进屋了,那位丈夫醉醺醺地挥着鞭子抽打他们的小女儿,我试图拉住他,但是他根本不在意。我告诉那位夫人我必须要回家了,但是她一直求我留下——"

不知不觉,彭罗德已经到达自家后院拐角处,这时候发生了一个意外,不仅打断了他的排练,更令人高兴的是,彻底免除他辩解的必要。一辆出租车停在了大门口,下车的夫人一身黑衣,愁容满面,身旁是一个三岁左右的小女孩。斯科菲尔德夫人从屋里冲了出来,张开双臂热情拥抱了两人。

她们是彭罗德的姨妈克拉拉以及表妹小克拉拉,她们从伊利诺伊州的代顿市过来。她们的到来引起一阵忙乱,所有人都忘记要责问彭罗德。但他是不是就觉得松了口气呢?这一点值得怀疑。就好比一个演员失去了一个好的角色,也许有那么一丝失望,他自己都没有觉察到。

大家正在为晚餐做准备。在此期间,彭罗德刚洗完澡从浴室出来。他走到姐姐粉白色的卧室,用毛巾捂着脸问道:

"妈妈什么时候知道克拉拉姨妈和克拉拉表妹要来的?"

"直到她透过窗户看到她们,当她们过来的时候,她正好望向窗外。克拉拉姨妈今天早上发了电报,但还没有送到。"

"那她们要在这里待多久?"

"我不知道。"

彭罗德把擦脸的毛巾扔回浴室,若有所思地说:"我猜约翰姨夫不会让她们回家了,对不对?"约翰姨夫是克拉拉姨妈的丈夫,他是一位成功的壁炉制造商,毕生最大的遗憾是没能加入浸信会,成为一位牧师。"他会让她们静静地待在这儿,是不是?"

"你在说什么呢?"玛格丽特从镜子前转过身,"正是约翰姨夫把她们送到这儿的,他为什么不让她们待在这儿呢?"

彭罗德有些气馁,"他不酗酒吗?"

"当然不!"她强调,否定中伴随着一阵银铃般的笑声。

"那为什么,"她的弟弟有些沮丧,"为什么克拉拉姨妈来这儿的时候愁容满面?"

"我的天哪!难道人们除了酗酒就没有其他可担心的事情了

吗？你为什么会有这样的想法？"

"不过，"他依然坚持，"你是不是也不知道，胡乱猜测的？"

她再一次哈哈大笑。"可怜的约翰姨夫！他们家甚至连葡萄汁和姜汁汽水都没有。她们来这儿是因为她们担心柔弱的小克拉拉染上麻疹。代顿市里正在流行麻疹，学校都因此停课了。约翰姨夫很担心，他昨晚梦到小克拉拉也被传染了，事不宜迟，今早就将她们送了过来，虽然他也认为在星期天出门是罪恶的。至于克拉拉姨妈，她之所以愁容满面，是因为当她到了这里，才发现把行李落下了，不得不通过快递寄过来。现在告诉我，你那些奇怪的想法从何而来，为什么说约翰姨夫酗——"

"哦，没什么。"彭罗德无精打采地转身离开，走下楼梯，一个刚产生的"希望"就这样在心中破灭。生活有时候就是这样无趣。

第八章

学校

第二天早晨,他不得不又一次继续接受教育——这个令人不快的负担,于是觉得生活更加无趣。其实,还有什么情景能比教室里坐满正值萌芽期的少年更让人愉快呢?偶尔来的参观者,站在老师的讲台上望着这些热闹的小脑袋,不用太费力就能体会到那种愉悦至极的感觉。然而,大部分孩子并不能意识到他们自身的幸福。没什么比"身在福中不知福"更让人觉得可悲了。与女孩子相比,公立学校里的男孩子更难意识到自己身处幸福之中。而教室里的所有男孩子中,也许要属彭罗德最不能理解自己的幸福之处了。

他打开课本,却没有在学习,眼睛根本没有在看书,大脑甚至都没有在思考。他并没有沉浸在幻想中:他在心里已经闭上了眼睛,肉体上的眼睛也是"闭"着的——因为厌倦而弛缓的视觉神经并没有传递课本上任何内容,但他的眼珠子还有一部分聚焦在印刷页面上。彭罗德正在做一件极其罕见、非比寻常的事情,此类事情只有非白人族裔或是春天学校里的小男孩才能做到,那就是什么事都不做,整个人就剩下一具躯壳。

教室的窗户是打开的,街上的声音悄悄地溜了进来,烦躁开始填充彭罗德·斯科菲尔德的躯体。这声音是口琴里吹出来的颂春曲，从人行道上传来。窗户很高，使得坐在教室里的小学生看不到窗外——这是故意这样设计的。即便如此，这位音乐家的形象在彭罗德心里却十分清晰，他根据乐曲的节奏，双簧管和蒸汽笛风琴的音色，以及类似痛苦的小猫叫的颤音想象而成。这样激烈而美妙的声音来源只有一种可能：一只猛烈敲打的红黄色手掌，手背的颜色是刚果黑，油光发亮。乐曲从街上传来，在窗下路过，还有旧鞋轻快的踢踏声做伴奏，在人行道的水泥地上划出了切分音。乐声慢慢飘向远处，越来越微弱模糊，最后终于消失了。彭罗德心中激起一股强烈的渴望，但并不能如愿以偿。

在这份渴望中，彭罗德与楼下的黑人音乐家交换身份，然后黑皮肤的彭罗德吹着口琴走在马路上，而一位毫无准备的黑人少年将发现自己身处教室之中，享受着不敢奢望的优质教育。

彭罗德从完全冷漠的状态中慢慢收回意识。他扫了一眼教室，视野中一成不变的景象让他厌烦得想吐——讲台上穿戴整齐的老师，前面学生的后脑勺，单调的黑板上恐怖的运算公式和其他折磨人的符号。黑板上方墙上的白色石灰，好像煤炭小镇的积雪。阴郁的景象被四幅石版人物肖像画打破了，这是一位考虑周到的出版商捐赠的。肖像画中的人物面容高贵而慈善，都是善良伟大的人，都是仁慈的人，都是热爱儿童的人。孩子们整日面对一成不变的教室，这几幅肖像画是他们疲惫双眼唯一可以休息的地方。从早到晚，日复一日；冗长的星期，一周又一周；看不到尽头的岁月，一个月接着一个月。学生们坐在教室里，沐浴着四幅肖像人物所投来的慈善目光。这些面孔永恒地存在于孩子们的意识当中，挥之不去——无论校内校外，永远无法摆脱。孩子们睡觉的时候，这四张面孔在他们眼前徘徊；半夜醒来，四张面孔挂在脑海中；孩子们早上醒来，它们像事先知道一样准时出现了；当孩子生病倒下发烧时，它们又像怪兽一样变活了。教室里的孩子只要还活着就永远不会忘记这四幅肖像画上的每一个细节。对于孩子们来说,朗费罗①的手永远固定在他的胡子里。彭罗德·斯科菲尔德对墙上的四位积怨已久,再加上一些简单无意识的联想,他对文雅的朗费罗,对詹姆斯·拉塞尔·洛威尔②,对奥利弗·温德尔·霍姆斯③,对约翰·格林里夫·惠蒂埃④都没有好感,每次读到这几位新英格兰作家的作品时,都像有私仇一般。

他渐渐地从对惠蒂埃眉毛的怒视中,转向一个女孩泛红的发辫上,这个女孩是维多琳·赖尔登,她有八分之一的黑人血统,正坐在彭罗德前面。维多琳的背影对彭罗德来说十分熟悉,就像对奥利弗·温德尔·霍姆斯的领带一样熟悉。同样熟悉的还有她那件彩色格子背心。他讨厌这件背心,就像他讨厌维多琳本人一样,也不知道为什么。一大群学生为了性别平等需要,被强迫待在一起相互陪伴,这似乎扼杀了情感,因此教室里也很少有浪漫的事情发生。

维多琳头发浓密,泛着美丽的砖红色光泽,但是彭罗德对此已经厌倦至极。为了不让头发散开,维多琳辫子下端系着一根绿丝带,丝带后面还留了一小段发梢,长度刚刚好。当她背靠椅子时,发梢就落在彭罗德的桌子上。此刻它就在那里。彭罗德谨慎地用拇指和食指轻轻捏起小辫子,并没有惊动维多琳。他又进一步把辫梢和绿丝带一并浸入桌子上的墨水瓶里,再把滴着紫墨水的头发和丝带提了出来,放在一张吸墨纸上晾晾干。不一会儿,维多琳身体向前靠去,辫梢和绿丝带给花格子背心增添了几抹别致的图案。

---

① 朗费罗(1807—1882):美国诗人,翻译家。
② 詹姆斯·拉塞尔·洛威尔(1819—1891):美国诗人,文学评论家。
③ 奥利弗·温德尔·霍姆斯(1809—1894):美国幽默作家。
④ 约翰·格林里夫·惠蒂埃(1807—1892):美国诗人。

鲁道夫·克劳斯和彭罗德隔着一条过道,他瞪着眼睛目睹了整个过程,非常着迷,于是也模仿起来。他从口袋里掏出一支粉笔,在前排男生的肩胛骨附近写了个"鼠"字,然后巴巴地看着彭罗德,想要得到他认可的微笑。彭罗德却打了个哈欠,不置可否。

第九章

翱翔

班上一半学生去了背诵室,染了紫色头发的维多琳也在其中。剩下的一半学生在思彭斯小姐的指导下开始数学练习。几个男生和女生被叫到黑板上去,彭罗德暂时幸免。

有那么一会儿,他的眼睛是跟随着黑板上正在进行的运算活动的,但是脑子并没有。后来,他身子往座椅中沉下去了一些,放弃了努力。他的眼睛依然是睁着的,但是却什么都没看。算术课的那套按部就班的讲解他已经很熟悉了。教师的声音飘到耳边,但对他来说只是一些无意义的声音,因为他没有听进去。此刻,他的大脑已经完全被幻想占据。他已经游离到这些痛苦的课堂之外,在他刚刚发现的奇幻海洋里遨游。

成熟的人经常忘记孩提时期的白日梦,色彩是那么斑斓绚丽,梦境是那么生动逼真,真实得那么让人不可思议。而做梦的人与现实世界隔的那层幕布又是模糊不清,几乎完全隔音,这给家长的喉咙带来更大的困扰。

教室里满是紧张、单调的气氛,有时候让人难以忍受,恨不得发生一些惊世骇俗的事情才好。其实每个男孩子的天性里都有一种原始冲动,想要做出惊天动地的事情,成为全人类的焦点和敬畏的对象。所以,当沉迷幻想中的彭罗德发现自己能够飘起来这个秘密时,他喜不自禁。他发现,在这堂算术课上的一系列幻象中,自己像是在水里游泳,但是呼吸远比在水里要顺畅舒适得多。他想象着自己优雅地伸出双臂,与肩膀同宽,接着双手在空中优美地摆动,这立刻让他从座位上离开,轻轻地升到天花板和地板的中间位置,在那里,他保持着平衡继续飘荡。这引起了不小的轰动,因为他的同学们都被这奇迹给震撼了。思彭斯小姐也甚为吃惊,命令他回到地面上,但他不屑地笑了笑,从她的上方飘过。思彭斯小姐爬到课桌上,想要把他拽下来,他却静静地飘向更高处,思彭斯小姐刚好够不到他的脚。接着他游弋着翻了几个跟头,展示他掌握的才艺。然后,在众人目瞪口呆的注视下,他侧身轻快地从窗户飘了出去,立刻升到屋顶上空。他下方的街道上,人们大声尖叫,一辆有轨电车也在惊奇中完全停下来。

彭罗德在空中轻松地游弋,一口气划出去很远,来到玛乔丽·琼斯所在的私立女子学校——对!就是那个有着琥珀色卷发、金子般嗓音的玛乔丽·琼斯!早在"圆桌骑士盛会"之前,她就表明了对他的不欢迎和不认可。星期五下午的舞蹈课上,每当巴尔泰教授单独指责他的脚部动作和礼仪不到位时,她总是带头煽动大伙儿一起嘲笑他。就在昨天,她还责备他不长记性,竟然敢在去主日学校的路上和她打招呼。"好吧!我猜你一定是又忘了我告诉过你不要和我说话!如果我是一个男生,即使我是城里最差劲的男孩,我也没脸总是围在不愿意和我说话的人身边!"她如此轻蔑地说道。但是此刻,彭罗德飘进她上课的教室,像一只脱手的玩具气球轻柔地贴着天花板。她跪在她的小课桌旁,向他张开双臂,满是爱意与敬佩地呼喊道:

"哦,彭罗德!"

他不小心踢掉了大吊灯上的一个灯泡,冷冷地微笑着,飘出了大厅,来到学校门前的台阶上空。玛乔丽也追了出来,恳求他仁慈地看她一眼。

　　一大群人聚集在大街上,为首的是思彭斯小姐,还有一支管弦乐队。当彭罗德从人群头顶飘过时,成千上万的人在呼喊,声音振聋发聩。玛乔丽跪在台阶上,一脸仰慕,彭罗德接过指挥棒,在人群上空进行一系列复杂动作,花式指挥着乐队。接着,他把指挥棒抛了出去,抛得太高以至于都看不到了。他感受到了双重乐趣,不仅因为他获得了自己如火箭般安全升空的幸福感,也因为他在万众瞩目下渐渐缩小变成一个点,又迅速出现在云端,手里握着指挥棒,急速下落到树顶。他在那里打着节拍,指挥着乐队和包括玛乔丽·琼斯在内的众人,大家团结一致,齐声共唱国歌《星条旗永不落》,以此向他致敬。这真是伟大的时刻。

　　这真是伟大的时刻,但好像有什么东西正在威胁着它。思彭斯小姐仰望的脸在人群中愈加鲜明——非常不讨喜。她一边招手一边喊:"下来,彭罗德·斯科菲尔德!彭罗德·斯科菲尔德!快下到这里来!"

　　她的声音已经高过了乐队伴奏,高过了众人的歌声,她似乎想搞砸一切。玛乔丽·琼斯正在哭泣,她表示很后悔自己之前对他的怠慢,并一直抛着飞吻来证明自己对他的爱。但是思彭斯小姐一直挡在他和玛乔丽之间,还不断叫自己的名字。

　　彭罗德越来越恼火,他现在是这世上最重要的人了,并已经向全城的人(尤其是玛乔丽·琼斯)证明了这一点,但思彭斯小姐似乎觉得她自己还有权去支配他,还把他当做一个普通的小学生。他怒不可遏,因为他确定她要让他做一些不想做的事情。她已经叫了成千上万遍"彭罗德·斯科菲尔德"。

　　自打他在教室里开始他的空中实验,他就一直没有张开嘴巴,不知怎的,他就是知道自己必须保持绝对的沉默,这是空中飘浮的条件之一。但是,终于,思彭斯小姐不间断的呼喊把他给惹怒了,他无法克制,忍不住愤怒地呵斥一声,结果重重地摔在了地面上,十分吓人。

鲜活的思彭斯小姐正在向魂不附体的彭罗德提问,关于把十七个苹果公平地分给三个男孩,会得到怎么样的一个分数结果。她很惊讶也很不悦,因为彭罗德没有回应,而她相信彭罗德此刻是看着她的。她又一次清楚地重复了问题,但依然没什么效果。于是,她大声严厉地叫了他的名字,叫了两遍,所有的同学都转身盯着这个正在走神的男孩。思彭斯小姐向前靠近了一步。

"彭罗德·斯科菲尔德!"

"哦,我的天!"他猛地叫道,"你就不能安静一会儿吗?"

第十章

约翰姨夫

思彭斯小姐倒吸一口气,学生们也都被惊到了。

整间教室仿佛凝固了,只回荡着"哦——哦——哦——"

彭罗德自己也吓到了,他感到天旋地转,似乎周围墙壁都卷了起来。他坐在座位上,张着嘴,只剩下混沌和麻木。他刚刚向老师吼的那些可怕的话,连他自己都无法解释,更不要说听到这些话的其他同学了。

没什么比人类大脑更不可靠的了,也再没什么像人类大脑一样喜欢扮演背叛者这样的角色。即使长期的驯化让它看上去一副守规矩有教养的模样,但它的本质不过是一个卑鄙狡诈的仆人。彭罗德的大脑不是他的仆人,而是他的主人,就像是四月的风一样虚妄,它在刚刚,用一种恶毒的方式戏弄了彭罗德。之前,他幻想自己飞翔,现在重重地摔落到现实的教室,他的白日梦也完全给震没了。此刻,他坐在那儿,张着嘴巴,为自己刚刚说的话感到惊恐不已。

大家依然在惊呆之中,但思彭斯小姐已经平复了呼吸。她波澜不惊地回到讲台,面对着大家。正如那些悲情小说里经常描述的那样,"在那短暂的一瞬,一切都静止了。"此刻实在是太安静了,甚至能听见彭罗德刚刚获得的恶名正在"噌噌"地生长。这可怕的寂静最终被老师打破。

"彭罗德·斯科菲尔德,你站起来!"

男孩苦不堪言,乖乖地服从了。

"你以那样的语气和我说话是什么意思?"

他耷拉着脑袋,一边用鞋边摩擦着地板,一边摇晃着身体,他咽了咽口水,突然看到了自己的双手,好像之前从来没见过似的,接着他把双手紧握放在了背后。教室里颤动着带有一丝欣喜的恐惧,大家被他吸引,都着迷地看着他。其实,教室里的每个人——包括受到冒犯的老师本人——内心深处对他带来的骚动都怀有感激之情。遗憾的是,大家并没有意识到这一点,因为这不仅有别于那些获得奖状奖杯的感激,而且恰恰相反。

"彭罗德·斯科菲尔德!"

他深吸了一口气。

"立即回答我!为什么用那种语气和我说话?"

"我当时——"他一时语塞。

"说!"

"我当时只是在——在想事情。"他结结巴巴地说。

"这理由不行,"她尖锐地反驳道,"我要立刻知道你为什么那样说话!"

受到反驳的彭罗德无可奈何地回答:

"因为我在想事情。"

再怎么拷问,他也没法提供更充足更真实的解释,他只知道这么多。

"想什么事情?"

"就是在想事情。"

思彭斯小姐的表情表明她正在努力克制自己,不过,暗自思量之后,她还是命令道:

"你过来!"

彭罗德慢吞吞地走上讲台,思彭斯小姐在她身边放了一把椅子。

"你就坐在这儿!"

接着,她继续她的算术课,但也并不是像什么事都没发生那样。孩子们心灵上应该还是学到了一些,因为他们都注视着眼前这个坐在小板凳上犯了错的家伙。他们都聚精会神地盯着他,目光热切,饶有兴致,却没有一丝同情。彭罗德在座位上持续缓慢地蠕动,准确说来,他并没有在扭动,他只是没精打采,什么都无所谓的样子。为了避开同学们灼灼的眼神,他看着墙壁上挂着的詹姆斯·拉塞尔·洛威尔的肖像,把目光聚焦到他身上那件马甲上的一粒纽扣,那粒纽扣正好在拉塞尔名字的"塞"上面。

上课下课,大家都盯着他,他感觉像被火烤一样。从背诵室回来的同学不明就里,暗中打听;大家窃窃私语,小声讨论着他的罪行。这个被抛弃的家伙一直坐在那儿,一直动来动去。有那么一两次他脊柱扭曲的程度,甚至连专业的柔体表演者都要刮目相看。对于一个罪犯而言,在被拘留等待审判的时候,那段悬而未决的时光最是难熬。对于已知的惩罚,或许还能平静镇定地面对,至少,罪犯可以让自己做好接受惩罚的准备。而未知的惩罚就可怕得多,每一次猜测都让人更加恐惧。彭罗德的罪责比较独特,并没有相应明确的法规帮他预估即将落到他头上的报应。看起来,最有可能发生的是他会被开除,就当着家人、市长还有地方议会议员的面,然后他的父亲在议会大楼门口用鞭子抽打他,整座城市的人都收到当局的邀请前来围观。

中午的时候,孩子们鱼贯走出教室,每个人在临走时都转过头来,用猜疑的目光最后看一眼这个违法乱纪分子。思彭斯小姐关上了通往衣帽间和大厅的门,然后回到讲台边自己的位置,挨着彭罗德坐下。屋外间歇传来的脚步声、尖叫声、呼喊声——直到处于变声期的高年级男生说话的声音都听不到了,只剩下了安静。彭罗德仍然假装看洛威尔,却清楚地知道思彭斯小姐正逼视着自己。

"彭罗德。"她严肃地说,"在我把你的事情上报给校长之前,你还有什么借口?"

"校长"这个词击中了彭罗德的命门。在他眼里,"校长"堪比大检察官、大可汗、伊斯兰的苏丹、皇帝、沙皇、罗马的奥古斯都大帝。他立即停止蠕动,坐直了身子。

"我要一个答案,你为什么对我说那些话?"

"这个,"他低声喃喃道,"我当时在想事情。"

"想什么事情?"她尖锐地问。

"我不知道!"

"那可不行!"

他用右手抓住左脚脚踝,无助地看着她。

"那可不行,彭罗德·斯科菲尔德!"她严厉地重复了一遍,"如果这是你全部的借口,我必须马上把你的事情上报给校长!"

她决绝地站了起来。

彭罗德是那种在绝境之时会灵光一现的人。"那个,我有一个理由。"

"好吧,"思彭斯小姐有些不耐烦,"什么理由?"

他还没想好,但感觉到自己马上就会有一个想法,于是不假思索,用一种哀伤的语气回答道:

"我想任何一个人,只要像我一样经历了昨晚发生的事,都会觉得自己有理由。"

思彭斯小姐坐回到她的座位,不过看那样子是准备随时再次起身。

"昨晚的事情和今早你对我无礼有什么关系?"

"这个,我想如果你了解我所知道的事情,你就明白了。"他回答道,加重了哀伤的语气。

"既然如此,彭罗德,"思彭斯小姐语气有些缓和,"我非常尊敬你的父亲和母亲,让他们忧虑心烦也非我本意,但是你今天要么告诉我到底发生了什么事,要么我就带你去见校长休斯顿夫人。"

"好了,我这不正要说吗?"听到校长可怕的名字,彭罗德大叫了起来,"因为我昨天晚上没有睡觉。"

"你生病了吗?"思彭斯小姐冷冰冰地问。

"不,我没有。"

"可如果是你家里有人生了重病,导致你一夜没睡,今早怎么还会让你来学校呢?"

"不是生病。"他回答道,摇摇头,"这比任何人生病都要更糟糕。这简直是,简直是,简直太糟心了。"

"到底什么事情?"他留意到思彭斯小姐语气里的焦急和怀疑。

"是关于克拉拉姨妈的事情。"他说。

"你的克拉拉姨妈!"她重复了一遍,"你是指你母亲的妹妹,嫁给伊利诺伊州代顿市法里先生的那位?"

"是的,就是约翰姨夫。"彭罗德悲伤地回答,"都是他惹的麻烦。"

思彭斯小姐皱了皱眉,彭罗德理解为持续的怀疑。他是对的。"我和你姨妈以前一起上过学。"思彭斯小姐说,"我俩过去很熟,我听说她结婚以后生活一直非常幸福,我不——"

"是的,曾经很幸福。"他打断道,"直到去年,约翰姨夫开始和流浪汉混在一起——"

"什么?"

"是的,老师。"他严肃地点了点头,"事情就是这样开始的。起初,他是一个好丈夫,但是那些流浪汉在他下班回家的路上把他哄骗进酒吧喝啤酒,然后麦芽酒、葡萄酒、烧酒,还抽雪茄——"

"彭罗德!"

"怎么了,老师?"

"我并没有向你打听你克拉拉姨妈的私生活,我是在问你有没有什么好理由来辩解——"

"这正是我要告诉你的呀,思彭斯老师,"他辩道,"你只要让我把话说完。克拉拉姨妈和她还在襁褓中的小女儿昨晚来到我家——"

"你是说法里夫人正在拜访你的母亲?"

"是的,老师,但不仅仅是拜访,你明白吗?她是不得不来。当然还有婴儿小克拉拉,她身上红一块紫一块的,全是她父亲用手杖打的。"

"你是说你姨夫竟然做出这种事情!"思彭斯小姐大声惊呼,这桩丑闻一下子解除了她的怀疑。

"是的,老师。妈妈和玛格丽特只能一夜没睡照顾小克拉拉。而克拉拉姨妈整个人状态很不好,一定要有人陪她说话,但是除了我,家里没有其他人了,所以我——"

"那你父亲呢,他在哪里?"她大叫道。

"你说什么,老师?"

"当时你父亲在哪里?"

"哦,我爸爸?"彭罗德停了停,然后灵光一闪,"他在火车站,担心约翰姨夫会跟过来让她们回家,再进一步伤害她们。我也想去的,但是他们说如果他真来了,我还不够强壮,拦不住他,所以——"

这个勇敢的少年又一次停了下来,一副忧伤的表情。思彭斯小姐面带鼓励,双眼因为惊讶而瞪得很大,目光中开始透露出一种钦佩和自责。彭罗德越发得心应手,而且感到越来越安全了。

"所以,"他继续说,"我只能通宵陪着克拉拉姨妈了。她也受了伤,身上瘀痕明显,所以我不得不——"

"那为什么不请医生呢?"之前的怀疑已经渐渐熄灭,这个问题只是火焰熄灭之前微弱的闪光。

"哦,她们不想请任何医生。"彭罗德灵感满满又不脱离现实,"她们不想任何人知道这件事,因为约翰叔叔有可能会改过自新——到那个时候,如果大家知道他曾经是个酒鬼,还打过自己的妻子和女儿,他还怎么在社会上立足?"

"哦!"思彭斯小姐很感慨。

"你明白的,他以前也是和其他人一样正直。"他继续解释,"一切都*时于*——"

"是'始于',彭罗德。"

"是的,老师。从他初次被那些流浪汉骗进酒馆起,一切就开始了。"彭罗德详述着他的约翰姨夫如何一步步走向堕落。说到细节,他的灵感可是源源不断,一件事接着一件事,把一个酒鬼的生活描绘得栩栩如生。无论思彭斯小姐怎样冷酷无情,此刻最后的一丝怀疑也从她脑海中消失。更何况,有两件事如果发生在男人身上,大家是都会相信的,其中一件就是酗酒。彭罗德一脸正直,语言朴实,句句在理,不论从哪个角度来看,他呈现在老师面前的都是一幅值得相信的画面。

彭罗德滔滔不绝,越说越起劲,他卓越的口才让内心温柔的老师越发自责。就在他描绘如何像牧师一样陪伴了克拉拉姨妈的时候,有那么一两次,老师费力地清了清嗓子。"我对她说,'唉,克拉拉姨妈,你如此伤心有什么用呢?听我说,克拉拉姨妈,在这世上,哭泣并不能解决问题。'接着,她紧握住我的手,一边抽泣,一边抱怨,我说,'别哭了,克拉拉姨妈——求您了,别再哭了。'"

星期天的经历中还有一些神圣的部分,在这些碎片记忆的影响下,他的主题也开始变得高尚起来。他从圣歌中错误引用了只言片语,联系到他安慰克拉拉姨妈的情景,描述着如何让困境中的克拉拉姨妈去寻求上帝的指引。

一座建筑的神奇之处在于,它越高,所能承受的装饰物就越多。彭罗德搭造的建筑正是如此。有天赋的男孩子具有在蜘蛛网上造大楼的能力,而彭罗德天赋异禀。在他精彩绝伦的演绎中,思彭斯小姐的目光越来越亲切温柔,她看着眼前这个心地善良的小"演员",直到最后当彭罗德开始解释他在课上"想事情"的时候,她不好意思地把头扭到一边。

"亲爱的,你的意思是,"她温柔地说,"当时你太累了,不知道自己在说什么,是吧?"

"是的,老师。"

"而且你当时一直在想那些可怕的事情,想得太投入都不知道自己在哪儿了,对吧?"

"我当时一直在想,"他简单直白地说道,"如何能拯救约翰姨夫。"

整件事情最后的结局是老师亲吻了他!真是个厉害的小男孩!

第十一章

忠诚的小狗

那天下午回到教室的学生发现彭罗德的座位是空着的——没什么比那个不祥的位置空无一人更显眼的了。一种大家都接受的解释是彭罗德已经被抓起来了,所以当第二节课开始时,闲逛似的溜达进教室的彭罗德引起全班一阵惊奇和骚动。他大大咧咧地走进教室,揉揉眼睛,一副严重缺觉、好不容易偷空睡了一个小时的样子,若无其事地回到座位上。一开始,大家觉得他是在装模作样,后来发现讲台上的思彭斯小姐和颜悦色地向他点头示意,大家都惊呆了。这种费解一直维持到了放学之后。彭罗德并没有满足那些疯狂地想八卦的同学,他对所有人只是淡淡地说了一句:

"哦,我只是和她交谈了一番。"

第二天傍晚,饭桌上发生了一件蹊跷的事情,显然和彭罗德学校里发生的事情有些关联。克拉拉姨妈外出了,很晚才回来,她来餐厅的时候,大家已经坐好等她了。她一脸困惑。

"你这些天见过玛丽·思彭斯吗?"克拉拉姨妈一边打开餐巾,一边问斯科菲尔德夫人。彭罗德一下子放下手中的汤勺,一脸讨好地望着姨妈。

"是的,有时候会见到。"斯科菲尔德夫人说,"她是彭罗德的老师。"

"是吗?"法里夫人说。"你有没有觉得,"她停了停,"有没有人觉得她最近有点奇奇怪怪的?"

"为什么?没有啊。"斯科菲尔德夫人回答说,"你为什么那样说?"

"她的举止有些奇怪。"法里夫人肯定地说道,"至少,在我看来,她很奇怪。我回来前在拐角处遇到她,就在几分钟之前,我们互相寒暄了一下,她一直抓着我的手,看上去好像要哭了,似乎要说些什么又哽咽地说不出口。"

"可我没觉得这有什么奇怪的,克拉拉,你们俩读书的时候是同学,不是吗?"

"是的,但是——"

"这么多年没有见到你了,我想她很自然地就会——"

"听我说完!她站在那儿使劲地捏我的手,欲言又止的样子,我真的很尴尬,最后她带着哭腔轻声说:'振作起来,一定能渡过这个难关!'"

"好奇怪!"玛格丽特惊叹道。

彭罗德叹了口气,又喝了口汤,有些心不在焉。

"这个,我就不知道了。"斯科菲尔德夫人若有所思,"她一定是听说了代顿市爆发麻疹的事情,因为要关闭学校,而且她知道你住在那儿——"

"但以这种方式谈论麻疹,难道不会太夸张了吗?"玛格丽特提出质疑。

"请听我把话说完!"克拉拉姨妈请求大家,"说完那些话之后,她又说了一些更奇怪的话,还拿出手帕擦了擦眼泪,然后就匆忙离开了。"

彭罗德再次放下汤勺,把椅子稍稍拉开。他有预感:他知道在座有人会提出问题,但是他祈祷最好不要有人说话。

"她又说了什么?"斯科菲尔德夫人问道,立刻实现了她儿子的预感。

"她说,"法里夫人看着大家,缓缓回答道,"她说,'我知道彭罗德给了你极大的、极大的安慰!'"

几乎是同时,大家都惊呼起来,没有人觉得思彭斯小姐的这番话是对彭罗德的夸奖,这反而立刻证实了法里夫人对她的怀疑。

斯科菲尔德先生同情地摇了摇头,有些难以置信地说:"恐怕她已经无可救药了。"

"多么古怪的想法!"玛格丽特大叫道。

"这辈子从来没听说过这样的事情!"斯科菲尔德夫人惊叹道,"这全都是她说的话吗?"

"每个字都是!"

彭罗德全神贯注地在喝汤。他的母亲好奇地看了看他,突然想到了些什么,若有所指地摇了摇头,引起了在座所有人的注意,然后又晃了晃脑袋,示意大家暂停这个话题,等会儿再说。思彭斯小姐是彭罗德的老师:出于多种考虑最好不要在彭罗德面前谈论她的古怪举止——这是斯科菲尔德夫人当时的想法。后来她又有了另外一种想法,这让她彻夜未眠。

第二天下午,斯科菲尔德先生回到家里已经是五点。劳累了一天的他发现家里很冷清,于是他坐在"没人"的客厅里读起了晚报。突然响起一声喷嚏,双方都有些意外,不过这也让斯科菲尔德先生知道这个客厅并非只有他一个,他的儿子也在这里。

"彭罗德,你在哪儿呢?"父亲向四周望了望,问道。

"在这里。"彭罗德乖巧地说。

斯科菲尔德先生弯下了腰,发现儿子蹲在窗户边的钢琴下面,旁边躺着他的小狗公爵。

"你在那儿做什么?"

"我?"

"为什么待在钢琴下面?"

"这个嘛。"男孩说,"我就是坐在这儿,想想事情。"

"好吧。"斯科菲尔德先生并不想打破难得的宁静,他转回身去,背对着钢琴,继续阅读报纸上关于一桩谋杀案的报道。彭罗德静静地从衣服下面拿出一本平装书,这是他打喷嚏的同时弄过来的,书名是"脆弱的苏城呐喊者",又名"法官大人,他们无罪"。

就这样,这个"读书俱乐部"在平静祥和的气氛中持续,两人都很投入,也很满足,几乎忘记了这个世界。突然,"砰"的一声,前门被蛮力猛地推开,惊扰了俱乐部的两位成员。是斯科菲尔德夫人,她冲进屋里,重重坐在椅子上,愤恨地抱怨起来。

"亲爱的,怎么了?"她丈夫放下手中报纸,关切地问道。

"亨利·帕斯洛·斯科菲尔德,"夫人回答道,"我不知道该拿那小子怎么办了,我真的不知道!"

"你是说彭罗德?"

"还能有谁?"她直起身来,十分恼怒地瞪着他,"亨利·帕斯洛·斯科菲尔德,这事交给你来处理,我管不了了!"

"怎么啦?他干什么了——"

"昨天晚上我一直在想克拉拉说的那些话。"她急冲冲地说,"谢天谢地,这会儿她和玛格丽特带着小克拉拉去夏洛特表哥家喝茶去了,但她们一会儿就回来了。昨晚她说的思彭斯小姐的那些事情——"

"你指彭罗德安慰人这件事?"

"是的,我就一直在想,想来想去,想来想去,实在是忍不住——"

"哎呀!"斯科菲尔德先生突然惊叫道,他弯着腰,看着钢琴下面。彭罗德早就不见了。他的小狗公爵也不见了。

"怎么了？"

"没事。"他回答道，大步走向打开的窗户边，望向窗外，"你接着说。"

"哎呀。"她悲叹道，"一定不能让克拉拉知道，如果约翰·法里听说这件事，我就再也抬不起头了！"

"究竟什么事？"

"唉，我就是忍不住，而且我也很好奇，心想，如果思彭斯小姐真的有些不正常，作为彭罗德的母亲，我当然有权知道，毕竟她是彭罗德的老师。于是我打算在放学后去她的住处拜访一下，看一看，和她聊一聊，然后我就去了，然后……唉……"

"怎么啦？"

"我刚从她那儿回来，她告诉我……她告诉我！唉，我从没听说过这样的事！"

"她到底告诉你什么了？"

斯科菲尔德夫人竭尽全力平息自己的情绪。"亨利，"她严肃地说，"一定要记住：不管你怎么处置彭罗德，一定不能让克拉拉听到，要找她听不到的地方，不过，首先要找到彭罗德。"

斯科菲尔德先生望着窗外，目光落在马厩里储物间的那扇紧闭着的门，门外坐着公爵，它正投入地玩耍。

它的小主人曾经教过它，如果想要什么东西，就"坐起来乞求"，如果还得不到，就要"说"。公爵此刻面对着紧闭的门，坐得直直地做乞求状，现在又说起话来——一种大声清脆的狗叫。

门上有一个开着的小气窗，从里面向外扔出一个罐子，罐子里还装着半罐旧油漆。

堵在门口的公爵猝不及防，罐子正好砸中它的右耳，惊得它连做了几个高难度杂耍动作，身上大部分都染成了蓝色。它舔了一口，口味不佳，于是不再继续清理身上的油漆，只困惑了一小会儿，这只忠诚的小狗又恢复了挺拔的坐姿。

斯科菲尔德先生坐在窗台上。这是个绝佳的位置,从这里他可以一直看到这只小狗向主人示好却得不到回报的可怜模样。

"继续说吧,亲爱的。"他说,"我想我知道在哪里可以找到彭罗德。"

几分钟后,他又说:"我想我还知道在哪里可以收拾他。"

忠诚的公爵又一次大叫起来,就在那紧锁的房门外。

第十二章

接受邀请

"一二三,一二三——滑!"巴尔泰老师喊着口令,在喊到"滑"字的时候特意拖长了音调,"一二三,一二三——滑!"

一周的学校生活已经结束,但是彭罗德的烦恼还在继续。

星期五下午的舞蹈课上,十七对小舞伴在舞厅一圈儿一圈儿地转着,他们的身影倒映在光亮的深色地板上,也跟着一圈儿一圈儿地伴着节奏舞动——白色、蓝色、粉色交错的是女孩子,黑色中穿插着白色的是男孩子。他们戴白手套,衣领也是白的。闪闪发光的舞鞋划过地板,像一群在水里游弋的小鱼,引起粼粼的波光。每一张小脸蛋都因为认真练习而泛着红光,只有一个例外——他像一只认真的旋转木马,毫无感情。

"一二三,一二三——滑! 一二三,一二三——滑! 一二——啊! 彭罗德·斯科菲尔德先生,你少了一步。左脚! 不对,不对! 这才是左脚! 看着——像我这样! 再来一次! 一二三,一二三——滑! 比刚刚好点了! 好多了! 再来一次! 一二三,一二三——停下! 彭罗德·斯科菲尔德先生,家长们好意送你们来上这门舞蹈课,不仅想让你们学跳舞,也希望你们学会一些上流社会的举止礼仪。你觉得上流社会的绅士会把他的舞伴踢得一直哇哇大叫吗? 绝对不会! 我向你保证你这样做是不对的。再来一次! 现在开始!

钢琴,演奏起来!一二三,一二三——滑!彭罗德·斯科菲尔德先生,你的右脚——你的右脚!错了,错了!停下!"

旋转木马停下了。

"彭罗德·斯科菲尔德先生这一对,"巴尔泰老师擦擦眉毛,"你们俩注意观察我的动作好吗?一二三——滑!就是这样!现在开始——不!先生们女士们,请你们待在原地不要动。彭罗德·斯科菲尔德先生,我希望你特别关注一下,我是在示范给你看!"

"又来找我麻烦!"彭罗德怒火中烧,喃喃地对他的小舞伴说,"就不能让我安宁一分钟!"

"乔吉·巴西特先生,请走到中间来。"老师说。

巴西特先生欣然服从。

"老师的走狗!"彭罗德轻蔑地看着乔吉·巴西特,悻悻地小声说。所有和舞蹈班有关联的人,都住在城里同一片区域,大家都有一些共识,其中一条大家坚信不疑,就是乔吉·巴西特是"城里最好的男孩"。与之相反的是彭罗德,主要是因为他最近头脑发昏,干了自不量力的事情,造成了灾难性的后果,全城十三万五千人一致认可他为"城里最差的男孩"。他的坏名声有多大程度上是他自己造成的,这一点无法精确计算,但第一个这样简单直接描述彭罗德的人是玛乔丽·琼斯,就在那次"盛会"表演的第二天。她频繁地重复这一称呼,热情洋溢,甚至在完全不相关的场合上也这样说,这个称呼能够如此迅速地无异议地被大家接受,也一定与此相关。

"伦丝戴尔小姐,你能帮忙做一下乔吉·巴西特先生的舞伴吗?"巴尔泰老师说,"请彭罗德·斯科菲尔德先生注意看。伦丝戴尔小姐和巴西特先生,请做好准备。其他人也注意看,钢琴演奏起来!现在开始!"

伦丝戴尔小姐今年八岁,她是班里最小的姑娘。她和乔吉·巴西特先生完美展示了"一二三——滑"的动作技巧,以便彭罗德可以更好地学习到动作要领。而有着琥珀色卷发的漂亮的玛乔丽,或许觉得自己才是完美动作的示范者,或许仅仅出于女人的天性,大声说:"就是因为那小子,大家都要停下来!"

彭罗德在另一头清楚地听到她说的话。显然对方是有意让彭罗德听到的。尽管心如刀割,彭罗德表面上依然装作若无其事。玛乔丽和她的舞伴——戴着珍珠领带夹的莫里斯·利维咬着耳朵,一脸嘲讽。

"再来一次,所有人——女士们,先生们!"巴尔泰老师喊道,"彭罗德·斯科菲尔德先生,请你一定要注意!钢琴奏起来!现在开始!"

课程还在继续,当快要结束的时候,巴尔泰老师走到教室中央,击掌引起大家注意。

"女士们,先生们,请安静地坐到自己的座位上。"他说,"现在我要告诉你们关于明天的一些安排。彭罗德·斯科菲尔德先生,我并没有挂在窗外的那棵树上!你能看看我吗?我在这里,在教室里!现在开始!钢琴奏起来!不!不要钢琴!大家都知道,这是本季度最后一次课程,下次上课要到十月份了。所以明天下午将会有些特别的安排。明天下午三点,我们将开一场舞会,而今天下午就是考验大家举止礼仪的时候了。看看大家是不是都知道如何像上流社会的成年人一样,做一个稍微正式的拜访邀请。你们已经受到过全面而良好的指导,现在让我看看大家是否能表现得像上层社会的绅士和淑女一样。

"听好,大家放学后,每一位女士回家做好接受拜访的准备。男士们,请给女士们足够的时间回到家做好准备,然后拜访一位女士,并请求她做你的舞伴。大家都知道如何正确得体地拜访邀请了吧。我已经在上次课程中反复教导过大家了,还记得吗?好了!男士们请注意,如果你在另一位男士之后到达,那么你必须去另外一位女士家,一直到你找到舞伴为止。我们班男士女士的人数是相等的,所以不必担心,每个人都能找到一位舞伴。

"好了,请记住,如果——彭罗德·斯科菲尔德先生,当你拜访一位女士的时候,我请求你千万记住,上流社会的绅士是不会像你这样把手伸到后背挠痒痒的,所以请把双手自然地放在膝盖上。彭罗德·斯科菲尔德先生!请注意!上流社会的绅士也不会通过背部和椅子背摩擦来挠痒痒!这里没有人觉得痒!我就不痒!如果你一定要挠痒痒,我就无法说话了!我的天!你为什么总是痒?我刚刚说到哪儿了?那里!舞会——对!明天的舞会所有人都必须到,但是如果有人实在病得厉害无法参加,他必须非常礼貌地按照上流社会的礼仪写一封道歉信,向舞伴做出解释,一定要给出理由。

"我想明天应该不会有人病得很重,不会的。如果有人想要装病,我会识破并且告诉家长。舞会上男女数量相等很重要,所以如果有人收到舞伴的道歉信,信上说明对方确实有理由无法参加,那一定要立刻把信交给我,我好安排其他舞伴。大家都明白了吗?好了。男士们请记住要给女士足够的时间回到家准备接受拜访。先生们女士们,感谢大家配合。"

从学校到玛乔丽·琼斯家有九个街区,但是彭罗德飞速前进,不到七分钟就到了。他想把手伸向最近在公共场合对他出言不逊的那个女孩,邀请她做他的舞伴。他还不懂得,一个男人如果不想为难一个蔑视自己的女人,最保险的做法是远离她,尤其当她也希望他这样做的时候。然而,他不想为难她,他只是热切地想和她在舞会上跳舞。他的渴望已经淹没了怨恨。

事实上,玛乔丽小姐对他的感情同西蒙·勒格雷对汤姆叔叔[①]的感情惊人地相似,但这也没有彻底打消他的念头。当然,他也并

[①] 西蒙·勒格雷和汤姆叔叔都是小说《汤姆叔叔的小屋》中的人物,前者是奴隶监工,后者是黑人奴隶。

非完全不知道,如果他把手伸到她的脚边,邀请她做舞伴,她的内心肯定想在他手上踩一脚。但是,他坚信,如果第一个到,玛乔丽就不得不答应他,因为这是规矩。

他心急如焚,甚至想在玛乔丽本人到家之前赶到,可当看到大门前停着一辆轿车时,他开始有些担忧。随后,他看到莫里斯·利维从房子前门走了出来,更是心下一沉。

"你好呀,彭罗德!"莫里斯快活地说。

"你在那里干什么?"彭罗德问道。

"在哪里?"

"在玛乔丽家里。"

"这个,有什么事是我不能在玛乔丽家里做的?"利维先生生气地回答道,"我刚刚邀请她做我舞会的舞伴——你以为是什么事?"

"你还没有这样做的权利!"彭罗德激烈地抗议,"你现在还不能这么做。"

"但我刚刚已经做了!"莫里斯说。

"你不能!"彭罗德继续坚持,"你要先给她们一些时间,老师说了,要给女士们留一些时间做准备。"

"这个嘛,她不是已经有时间准备了?"

"什么时候?"彭罗德靠近这位竞争对手,用威胁的语气质问道,"我要知道是什么时候——"

"什么时候?"对方用胜利的语气尖声重复了一遍,"你问什么时候?好吧,就在我妈妈六十马力的豪华轿车里,玛乔丽就是坐那辆车和我一起回来的!我想就是那时候!"

彭罗德的暴力冲动已经写在脸上了。

"需要消消你的嚣张气焰了,"他变得凶狠起来,"我要让你记住——"

"好啊,你来呀!"莫里斯大叫一声,蛮横得让人吃惊,他扭曲身体,摆出一副防守的姿势,"你试试看,你——你这个'痒'人!"

这样的反驳竟然让彭罗德一时说不出话来,幸好,他想起了什么,看了一眼轿车。

他看到了车里警觉的司机,还看到了利维夫人——也就是小利维的母亲——那华丽的轮廓。他收回已经抬起的手,看上去像要挠耳朵。

"好吧,我要走了。"他随口一说,"明天见!"

莫里斯坐进豪车里,彭罗德表面上装出一副无所谓的样子,悠然地走开了,其实他的心里一直忿忿不平,因为轿车后窗突然冒出一个深色鬈发的小脑袋,轻蔑地尖声叫道:

"继续吧——你个大笨蛋!"

此刻,在彭罗德眼里,舞会已经没什么意思了,但是找到一个舞伴是他的职责所在,他郁闷地又一次出发了。在玛乔丽家门口扑了一场空,又和情敌争执了一番,这已经让其他女士有足够的时间做好准备来迎接到访者,并且接受邀请。他走了一家又一家,总是比别人晚一步。那个下午他被拒绝了十一次,这十一个姑娘都已经接受了别人的邀请,他被拒绝得合情合理,哑口无言。再加上玛乔丽,十七人中只剩下五人了。在街上遇到其他男孩子,通过交流,他又得知这五人中有四个人已经有邀约了。

只剩下一位女士。他无法逃脱,只能卑躬屈膝。在黄昏时分,他走进了这位孤独少女的家,一脸沮丧。这位孤独少女就是八岁的伦丝戴尔小姐。

人生中确实有些时候,太年轻也是一种缺陷。伦丝戴尔小姐很漂亮,翩翩起舞的模样让人心醉,但就是年龄太小了。正因如此,她才会有如此多的时间去做准备迎接拜访者,接受邀请。她花了好大的力气,才强忍着不让嘴唇颤抖。

一位彬彬有礼的女仆把这位迟到很久的来访者带到她面前,她

正坐在沙发上,旁边是她的家庭教师。当彭罗德进入房间时,这位女仆镇定自若地念着彭罗德的名字:

"彭罗德·斯科菲尔德先生!"

伦丝戴尔小姐突然大哭了起来。

"啊!"她悲叹道,"我就知道会是他!"

彬彬有礼的女仆立刻没了之前的镇定和礼节,用手捂住嘴,嘟哝着逃离了。倒是那位家庭教师一直在安慰这位伤心的学生,不久便成功地让伦丝戴尔小姐恢复了淑女风范,迎接到访者并接受舞会邀请,虽然她还是会不时地抽泣。

也许是感受到自己正处于劣势,彭罗德提出邀请的时候有些尴尬。他按照巴尔泰老师之前教授的礼仪,向前走了几步,靠近这位受到挫折的女士,正式地鞠了个躬。

"我祝——"他生硬地背诵了起来,"您一切都好,祝您父母身体健康。我是否有幸能成为您明天下午舞会的舞伴?"

伦丝戴尔小姐眼里噙着泪水一脸不悦地打量着他,小肩膀一阵抽搐,不过她的家庭教师在一旁轻声教育了她,她才做了极大的努力忍住心中的不愉快。

"我谢——谢您的礼貌邀——邀请,我接——"情绪突然又涌了上来,她说不下去了,疯狂地对沙发拳打脚踢,"哦,我多么希望是乔吉·巴西特!"

"不可以这样,不可以!"家庭教师说,接着又急切地低声教育了一番,伦丝戴尔小姐这才完成了她接受邀请的礼仪。

"我很高——高兴地接——接受邀请!"她呜咽着说完,立刻大声哀号,仰面扑倒在沙发里,紧紧抓住女教师抽泣。

彭罗德有些不知所措,又一次鞠了个躬。

"非常感谢您接受了邀请。"他仓促地低声说道,"我相信——我相信,哦对——我相信我们会度过一段愉快的时光。请代我向您的父母致意,祝您下午愉快。"

完成这些礼仪和客套话后,他又鞠了一躬,礼貌地退出了房间,一切都井然有序,虽然走到大厅的时候他有些惊慌,因为听到那位绝望的女主人最后一声哀号:

"啊!为什么不是别人而是他!"

第十三章

天花药水

第二天早上,彭罗德在低落的情绪中醒来,想到下午的舞会,更是有一种不祥的预感。他在头脑中描绘着玛乔丽·琼斯和莫里斯翩翩起舞的样子,她是那么优雅、快活,好似仙女,发出银铃般的笑声。而他正在努力配合着小他四岁、比他矮两英尺的舞伴的步伐。对于彭罗德来说,能与同他一样高的女孩保持步伐一致就已经够困难的了,何况还矮两英尺。他已经脑补到自己狼狈的样子。

整个上午,这种不祥的预感一直笼罩着彭罗德,且后遗症也越发明显。他发现自己无法专心做其他事情。早饭后,他拖着沉重的步伐走向锯木屑箱子,不一会儿又翻身出来,那儿还留存着《哈罗德·拉莫雷斯》,还放在上周六那个地方。接着,他和公爵静静地坐在储物间,公爵依旧是一脸怅惘,而幸运之神正向他走来。

彭罗德的母亲有这么一个习惯,不会轻易丢弃任何东西,除非是存放了多年且确定再无用处。最近的一次大扫除之后,后院门廊又多了一大堆瓶瓶罐罐,还有一些小药瓶,都是这几年家里人生病剩下来的。厨娘黛拉把这些瓶瓶罐罐收到一个大篮子里,又增加了几个调料瓶,是一些不受欢迎的调味品,还有几瓶过期的番茄酱和果酱,以及各种没人用的漱口水等等。她提着这一大篮子,把它放在马厩的储物间里。

一开始,彭罗德并没有在意眼前这些东西。他双手托腮,坐在一个废旧的铁制鱼缸边上,透过敞开的房门蔫蔫地看着黛拉的后背,目送她离开。是另一个人发现了她留在篮子里的宝贝。

塞缪尔·威廉姆斯先生,今年十一岁,他和彭罗德年龄相仿,很玩得来。此刻他站在门口,使劲摇晃手里的瓶子,瓶子里黑色的液体被摇得起泡,他用大拇指堵住瓶口,防止洒出来。

"你好呀,彭罗德!"塞缪尔问候道。

"你好。"彭罗德怏怏地说,"你手里拿着什么呢?"

"甘草汁汽水。"

"给我喝一口!"彭罗德立刻提出要求。就像是看到苹果要求"给我咬一口"一样,让人无法拒绝。

"喝到这里!"萨姆(塞缪尔的简称)说着便把大拇指移动到瓶子的一侧,紧紧地贴住瓶壁作为一个记号,防止彭罗德大口喝汽水的时候喝多了。

这一切结束之后,来访者的目光落在黛拉刚刚留下来的那个大篮子,并欣喜地叫出声来。

"快看!快看!快看这里!可不是一堆好东西嘛!啊!真是太好了!"

"有什么好?"

"可以开药店呀!"萨姆大叫道,"我们可以合伙——"

"或者也可以。"彭罗德建议,"我来开药店,你当顾客——"

"不!合伙!"萨姆坚持道,他坚决的样子让对方不得不妥协了。不到十分钟,药店就开张了,并且已经和想象中的客户做起了大买卖。柜台是用纸板和盒子临时搭起来的,台面上摆放着篮子里拿出来的那些瓶瓶罐罐。两个合伙人分别找到了合适的工作——彭罗德作为销售员,萨姆作为药剂师。

"请拿好,夫人!"彭罗德轻快地说,把萨姆调配好的一小瓶药水递给了一位看不见的主妇。"这将在几分钟之内治愈您的丈夫。这是您要的樟脑,先生。欢迎再次光临!你需要五毛钱的药丸?好的,夫人。请拿好!比尔,快点帮那位黑人女士把药配好!"

"我一有空就去弄,吉姆。"药剂师回答,"我正忙着给市里那位生病的警察调配天花药水呢。"

彭罗德停下了销售工作,开始观察配药的过程。萨姆找到一个空瓶子,往里倒入其他瓶子里的液体,他眯着眼睛,抿着嘴,像一位专业的药剂师。

他首先倒入了一些糖浆,这些糖浆来自变质的果酱,还有一些过期的发油;随后加入了十几个小药瓶里的一些残留物,药瓶上还贴着医生的处方标签,略显神秘;接下来是剩余的一些番茄酱和牛肉香精,以及几个瓶子里剩下的漱口水;在此之后又加入了一些不受欢迎的调味料;最后加入瓶子里的是几个粉红色小纸袋里装的各种粉末,那是去年冬天斯科菲尔德先生患流感用剩下的。

萨姆认真地检查这个混合物,不是很满意。"我们要让这个治疗天花的药水好喝又有效!"他说。接着,他突然来了艺术灵感,把剩余的甘草汽水的四分之一倒入了天花药水中。

"你干什么呢?"彭罗德抗议道,"为什么要浪费甘草汽水?我们应该把它留下来,待会儿渴了可以喝。"

"我认为这是我自己的甘草汽水,想怎么处理都可以。"药剂师回答,"我告诉你,天花药水的药效越强越好。现在你看看这瓶药水!"他一边赞叹一边举起瓶子,"它就像甘草汽水那样黑,我打赌肯定很厉害!"

"不知道味道怎么样?"彭罗德想了想问道。

"闻起来不算差。"萨姆观察了一番,又凑到瓶口嗅了嗅,"不过,也不怎么样!"

"不知道我们喝了会不会生病?"彭罗德说。

萨姆端详着瓶子,若有所思,接着,他的目光不经意扫到了公爵,此刻它正安静地蜷缩在门旁,他眼前一亮,有了主意。他觉得这个点子妙不可言,但其实这个主意已经存在这个世界很久很久了——比埃及还要古老!

"我们给公爵喝一点儿吧!"他大叫道。

两人一下子来了劲,立刻行动起来。一分钟之后,公爵终结了他们对天花药水药效的怀疑。这只忍耐力极强的小狗,走出门去,极不耐烦地晃了晃脑袋,嘴巴一张一合——重复了很多次,于是两个人开始数数。萨姆数的是三十九次,而彭罗德数了四十一次,接着出现了其他更明显的症状。

万物来自于地球母亲,也终将归还于她——公爵这一次归还了很多。吐完之后,它又尽情地啃了些草,扭过头,意味深长地看了它的主人一眼,然后有气无力地走到了前院。

两个男孩目睹了整个过程。"我告诉过你吧,这药很厉害!"威廉姆斯先生得意地说。

"是的,先生,的确很厉害!"彭罗德表示认同,"我希望可以厉害到——"他突然停下,想了想,然后说:

"我们没有马了。"

"我打赌,如果你有马,这瓶药水也能搞定!"萨姆说。这可能还真不是夸夸其谈。

开药店的游戏没有再继续,在拿公爵做过试验之后,开药店显得太普通了,他们现在野心更大了。两个动物实验者懒散地在门廊前坐着,你一口我一口地交换喝着甘草汽水。

"我打赌我们的天花药水能放倒巴尔泰老师!"彭罗德说,"我真希望他能来这儿,向我们要一些药水。"

"我们可以告诉他这是甘草汽水。"萨姆也喜欢这个想法,他补充说,"这两个瓶子看起来几乎一模一样。"

"这样我们就不用去今天下午的舞会了。"彭罗德叹了口气,"再也不会有什么舞会了!"

"彭罗德,你的舞伴是谁?"

"你的舞伴是谁?"

"你的是谁?我先问的你!"

"她挺好!"彭罗德笑着说,有些自夸。

"我打赌你本来是想和玛乔丽跳舞!"他的朋友说。

"我吗?即使她来求我,我都不会和她跳!即使她被水淹死了,我也不会和她跳舞来救她!我不会——"

"好吧好吧,你不跳,你不跳!"威廉姆斯先生打断了他,满脸不相信。

彭罗德换了一种语气,开始劝诱萨姆。

"听我说,萨姆。"他故作神秘地说,"我的舞伴棒极了!但是我母亲不喜欢她母亲,所以我一直在想最好还是不要和她跳舞。让我告诉你我打算怎么做吧,我家里有个超级棒的投石器,如果你愿意和我交换舞伴的话,我就把它给你。"

"你想和我换舞伴?你都不知道我的舞伴是谁呢!"萨姆说道。他做了一个简单却不乏成熟的推论。"你的舞伴肯定不怎么样!至于我嘛,我邀请了梅布尔·罗贝克,即使我想换舞伴她也不让。梅布尔·罗贝克宁愿和我跳,"他淡定地说,"也不愿和其他人跳。她说她本来很害怕你会邀请她。不过,我也不会和梅布尔跳舞了,因为今天早上她给我送来一张纸条,她叔叔昨晚去世了,所以下午到那儿后,巴泰特老师不得不给我重新找个舞伴。总之,我敢打赌,你并没有什么投石器,我还敢打赌,你的舞伴是巴比·伦丝戴尔!"

"就是她怎么样?"彭罗德说,"对我来说,她已经足够好了!"这番话并不是为了显示谦虚,而是为了赞美伦丝戴尔小姐。从字面上看,却有些缺乏诚意。

"哈!"威廉姆斯先生一脸揶揄,他的朋友彭罗德所展现的虚伪在他看来都是徒劳,"你母亲怎么会不喜欢她母亲?巴比·伦丝戴尔早就没了母亲!你和她一定会大出洋相!"

彭罗德自己本来也是这么想的,萨姆这么说让他心中的担忧得到了证实,他变得垂头丧气,无意反驳。他沮丧地滑坐在门槛上,可怜兮兮地瞅着地面,他的同伴则去水龙头那儿把甘草汽水灌满——毫无疑问,这样做会让浓度变淡,但分量却增加了。

"你母亲会陪你去舞会吗?"萨姆回来后问道。

"不,她要先去其他地方。"

"我母亲也是。"萨姆说,"我过来和你一起走吧。"

"好。"

"我得快点回去,午哨已经响起。"

"好。"彭罗德没精打采道。

萨姆刚转身要走,却停住了。栅栏边上路过一个人,顶着一顶新草帽。从人行道的十字路口走过来的不是别人,正是莫里斯·利维。就在他们盯着看的时候,小利维停了下来,从栅栏上方望向他们。

命运让他们在此刻相遇。

第十四章
莫里斯·利维的体质

"看这里,萨姆!"莫里斯小心谨慎地说,"你们在干什么?"

就在那一刻,彭罗德有了一个绝妙的主意,他的脑袋里仿佛燃起了一团火焰,闪出了智慧之光。他在暗处坐着,却感受到周身被一股耀眼的光辉笼罩,感觉快要窒息了!

"你们在干什么呢?"利维先生又问了一遍。

彭罗德噌地一下站起来,手里抓着甘草汽水瓶,用大拇指堵住瓶口,摇了摇,喝了一大口,故意表现出味道很好的样子。

"你们在干什么?"莫里斯第三次问道,萨姆·威廉姆斯还没想好怎么回答。

彭罗德回答了。

"在喝甘草汽水。"他故作轻松地回答道,说罢抹抹嘴巴,一脸满足与享受,一旁的萨姆被他这么一说也渴了起来,急忙从彭罗德手里拿过汽水瓶。

"啊!"彭罗德咂咂嘴巴,赞叹地说,"真好喝啊!"

栅栏上方的那双眼睛亮了起来。

"问问他是不是想尝尝。"彭罗德急切地对萨姆说,"你别喝了,没那么好喝,赶紧问问他!"

"快点问问他!"彭罗德小声地催着萨姆,语气有些凶恶。

"喂，莫里斯！"萨姆一边晃着瓶子一边问，"你也想来点儿吗？"

"把它拿过来！"利维先生提出要求。

"你过来喝。"萨姆在彭罗德的示意下回答。

"我过不来，彭罗德会追着我的。"

"不，我不追着你。"彭罗德保证道，"我不会碰你的，莫里斯。我们昨天下午已经和解了，难道你忘记了吗？我们俩相安无事，并无过节。"

莫里斯还是犹豫不决。但是彭罗德又一次拿起了美味的汽水瓶送到嘴边，假装大口喝下凉爽的液体，一边喝一边用右手摸着肚子，表现出心满意足。莫里斯流口水了。

"快给我！"萨姆大叫道，他又一次被朋友精湛的演技给诱惑到了，"快给我！"

彭罗德放下瓶子，喝了这么多，瓶子里竟然还是满的，他没有把瓶子拿给萨姆，两个人为此开始扭打起来。世上再没什么比这个更能激起栅栏外小观众的欲望了。

"是真的吗，彭罗德——如果我进入你家院子，你不会碰我？"他问道，"是真的吗？"

"我发誓！"彭罗德回答说，萨姆依然没有拿到瓶子，"你想喝多少就喝多少。"

莫里斯急切地翻过栅栏，就在他忙着翻越的时候，塞缪尔·威廉姆斯先生目睹了一次大师级的表演，受到一次重大的启迪。彭罗德站在储物室的门边，以迅雷不及掩耳之势把手伸进屋内，将甘草汽水放进药店的柜台里，取而代之拿出天花药水的瓶子，然后热诚地递给走过来的莫里斯。

天才就像是那样——总是会做出大胆、简单、直接的举动！

威廉姆斯先生被此举惊呆了，他靠在墙上，面对这样的杰作他思绪万千。也许，他的第一个想法，也是多数人在那样的情况下通常都会有的想法:"为什么我没能那么做!"

如果他知道,他不仅是整件事情的旁观者,他还是这位新一代塔列朗①布局中的一个重要部分,他会更加惊讶。萨姆在舞会上没有舞伴,如果莫里斯无法参加这场盛会——现在看来,这种情况是极有可能的——那么彭罗德就需要一位男性友人来照看伦丝戴尔小姐,他确定自己有能力迫使威廉姆斯先生成为那位男性友人。这件事还要很大程度上取决于伦丝戴尔小姐是否愿意接受这样的安排——不过他情愿去相信她愿意这样交换。至于化身为塔列朗的彭罗德自己,他将在舞会上和玛乔丽·琼斯跳舞!

"你可以尽你所能喝一大口,莫里斯。"彭罗德友善地说。

"你刚刚说的是我想喝多少就喝多少!"莫里斯抗议道,一边说,一边伸手去拿瓶子。

"不,我没有这么说。"彭罗德立即回答,并把瓶子拿开,不让那只急切的手碰到。"他就是这么说的! 不是吗,萨姆?"

萨姆此刻无法作答,他双眼紧盯着瓶子,表情奇怪。

"你听到他这么说的,对不对,萨姆?"

"好吧,即使我刚刚有那么说,那也不是我的本意!"彭罗德慌忙说,并且引用了一位权威人士的话。"听我说,莫里斯。"他继续说,语气温和且充满理性,"那样对我们不公平。这是我们的甘草汽水,我们自己也想喝,不是吗? 瓶子里只剩下三分之二了。我之前的意思是,你可以尽你所能地喝一大口。"

"你什么意思?"

"是这样,你一口气能喝多少就喝多少,只要你能咽得下去,但是你的嘴不能离开瓶口重新开始。你喝完就轮到萨姆了。"

"不,彭罗德,你下一个喝。"萨姆说。

---

①塔列朗(1754—1799):曾经的法国外交部长,驻英大使。

"这个,不管是谁,我的意思是只要莫里斯停下,就必须把瓶子让出来。"

莫里斯的脸上浮现出一丝诡谲,像贴在墙上的海报一样明显。

"只要我不停下,就可以一直喝下去对吗?"

"对,是这个意思。"

"同意!"他大喊一声,"把饮料给我吧!"

彭罗德把瓶子递给了他。

"你答应让我一直喝下去直到我咽不下为止?"

"是的!"两个男孩齐声说道。

得到答复之后,莫里斯把瓶子放到嘴边开始喝了起来。彭罗德和萨姆兴奋得身体前倾,屏住呼吸。他们之前担心莫里斯会闻出来瓶子里装的东西,但是危险的时刻已经过去——这是关键的一刻。他们本来以为,最好的发展是他第一口可以贪婪地喝下一大口,并没有想到过他会喝第二口,因为那几乎是不可能的。他们期待着看到莫里斯喝下一大口,然后猛地喷出来,像喷泉一样。

但是他们太小看这位朋友的体格了!莫里斯咽下去一口,第二口,第三口……一直没有停!这位少年还没有喉结,但是液体流过喉咙里的过程还是可以看得清清楚楚。他斜眼望着身旁两位目瞪口呆的阴谋家,眼里闪烁着狡猾和诡计得逞的喜悦。他遵守了之前的约定,只喝了一次,但是却连续不断地下咽,没有中断。

两位观众惊呆了。莫里斯喝下的量已经比他们之前给公爵喝的还要多,而且瓶子里的液体还在减少!现在这只玻璃瓶已经空了一半,闪闪发光,而莫里斯依然在喝!

萨姆惊恐地走上前想要制止他,但是莫里斯激烈地挥舞着没拿瓶子的那只手臂表示抗议,并发出强烈的声音提醒对方不要忘了之前的约定。于是萨姆不再坚持,看着这场持续进行的表演,既不安又着迷。

莫里斯把一瓶全喝光了！他喝下最后一滴，然后把瓶子抛向上空，大声发出胜利和满足的呼喊。

"哈！"他大叫道，鼓着腮帮子，挺起胸膛，松松肩膀，摸摸肚子，一脸满足地擦了擦嘴。

"哈！啊！哇哈！哇哦！真是太棒了！"

两个男孩站在那儿面面相觑。

"好吧，我不得不说，这一次，"莫里斯面色和蔼，"你们遵守了约定。"

突然一丝怀疑袭上彭罗德心头，他一步跨进储物室，拿起甘草汁汽水放到鼻子下闻了闻，又喝了一口。虽然味道有些淡，但是正常的。他没有弄错。莫里斯确实把那一瓶喝光了，一滴不剩。那瓶子里混合着旧发油、发霉的番茄酱、变味的果酱、过期的香草柠檬汁、腐败的巧克力、变质的牛肉香精、混杂的漱口水、芳香氨醑、氨水、酒精、山金车酊、奎宁、吐根药剂、碳酸铵溶液、马钱子，还有甘草汽水——以及微量的砒霜和士的宁。

彭罗德把甘草汽水放到看不见的地方，转向另外两人。莫里斯正坐在门外的一个箱子上，从口袋里掏出一盒香烟。

"在这儿没人能看到我，对吧？"他说着，划了一根火柴，"你们抽烟吗？"

"不抽。"萨姆说，有些惊慌地看着他。

"不抽。"彭罗德小声附和。

莫里斯点燃一支香烟，有些做作地吞云吐雾。

"我想说，先生们。"他说道，"我必须得说，你们俩确实都很正直。老实讲，彭罗德，我原以为你会追打我！我真的曾这么想过。"他快活地补充道，"但是现在我猜你还是挺喜欢我的，不然你也不会遵守承诺，让我一直喝，一直喝完。"

他亲切和蔼地聊着，满足地抽着烟，滔滔不绝地从一个话题聊到另一个话题,而两位听众则一直盯着他发愣。这两人并没有彼此交换眼神,两人的眼睛全固定在莫里斯身上。这位欢快而健谈的家伙明确表达了自己的感激之情。

"这样,"他抽完一根烟,起身准备走,"你们俩对我这么好,哪天你们到我家院子来,我愿意和你们一起玩,就喜欢你们这样的家伙。"

彭罗德张大了嘴巴,而萨姆的嘴巴则一直是张着的,两人都没有说话。

"我得走了。"莫里斯看了看手腕上那块帅气的手表,说道,"午饭后要立刻穿衣打扮去舞会,走吧,萨姆,你不是也要走了吗?"

萨姆恍恍惚惚地点了点头。

"好了,再见,彭罗德。"莫里斯热情地说,"我很高兴你喜欢我,走吧,萨姆。"

彭罗德靠在门框上,以呆滞的目光目送两位来访者离开。两人一路走着,莫里斯仍然在喋喋不休,还手舞足蹈;而萨姆则一边机械地默默走着路,一边注视着身边这位活泼的同伴,和他保持一定距离。

他们已经消失在彭罗德的视线中,但依然能听到莫里斯欢快的说话声,彭罗德慢慢回到屋子里,脑袋耷拉在胸前。

三小时之后,塞缪尔·威廉姆斯先生穿着可爱的小礼服,清爽干净地出现在彭罗德家的院子里,用真假嗓音交替着发出暗号,呼唤他的朋友。他大声叫了很久,真假音频繁交替,最后终于从高处传来一丝微弱的回应。

"你在哪里?"威廉姆斯先生一边大喊一边用目光扫视周围高处。一声低吟传入他耳中,他这才在马厩的屋顶上方看到小伙伴的脑袋和肩膀。彭罗德身体的其他部分都藏了起来,他趴在屋脊另一侧的斜面上,手肘钩住屋脊。

"呀！你在上面干什么呢？"

"没干什么。"

"你最好小心一点！"萨姆叫道，"如果不注意你会滑下来，摔到巷子里的。上次我们在上面，我就差点摔下来。你快点下来吧！你不去舞会了吗？"

彭罗德没有回答。萨姆靠近了一些。

"那个，"他小心谨慎地向上面喊道，"刚刚我打了个电话问他感觉怎么样，他说感觉挺好的！"

"我也打了电话。"彭罗德说，"他说他感觉好得很！"

萨姆双手插进口袋若有所思。厨房门突然打开，分散了他的注意力，是黛拉。

"彭罗德先生，"她在下面大声吼叫，"赶紧从上面下来！你妈妈正在舞蹈课上等你呢，她给我打电话说舞会快要开始了。你怎么还没到？快点从上面下来！"

"快点下来！"萨姆催促道，"我们要迟到了，莫里斯和玛乔丽刚刚过去了。"

一辆闪亮的小车疾驰而过，玛乔丽·琼斯身着粉色裙，手里拿着一束巨大的红蔷薇。莫里斯衣着光鲜，开心地坐在她身边，车子在转角拐弯时，他看到了两个男孩子，热情地向他们挥手打招呼。

彭罗德含糊不清地说了几个字，然后挥舞起双手，或许是对莫里斯的回应，或许是为了表达自己目前的状况。考虑到他所处的位置，这个动作显然太草率了，毫无疑问，还是有故意的嫌疑。

在黛拉的尖叫中，萨姆的大喊声中，彭罗德消失在视野里。

当塞缪尔·威廉姆斯先生到达的时候，延迟的舞会刚刚要在磕磕绊绊中开始。

斯科菲尔德夫人匆匆离开了舞厅，与此同时，伦丝戴尔小姐的脸因为突然而至的喜讯变得红彤彤的。她向巴尔泰老师屈膝行了个礼,引起他的注意。

"我已经告诉你五十次了。"还没等她开口,他激动地对她说,"我不能给你换舞伴,如果你的舞伴来了,你就必须和他跳舞。你真是要把我逼疯了!怎么了?这是怎么了?你想怎样?"

小姑娘又行了一个屈膝礼,然后交给他一封信,信是写给她的——

尊敬的女士,请原谅我今天下午无法与您在舞会上跳舞了,因为我从屋顶摔下来,受伤了。

您真诚的朋友

彭罗德·斯科菲尔德

第十五章

两个家庭

彭罗德走进教室,拄着一根削短了的拐杖,在同学们看来,这个星期一因此而显得分外有画面感。他迟到了二十分钟,嘴巴紧闭,忍着伤痛,一瘸一拐的模样引起一阵骚动,这给他带来了一丝安慰。唯一可能的不足之处在于表现得有点过于夸张了。或许也因此没能打动思彭斯小姐,她对彭罗德充满怀疑,依然决绝地惩罚了迟到的彭罗德,好像他与正常人无异。

然而,拐杖和跛行依然给他带来了一些优待,他把这样的优待持续到了下半周,直到星期四傍晚。那天晚上,彭罗德先生在窗边看到儿子在后院一圈一圈地追着公爵跑,于是他没收了拐杖,并且警告彭罗德如果再一瘸一拐地走路,他一定不会让这根拐杖闲着。就这样,在度过一个沉闷的星期五之后,周末再一次来临,这次需要一些新的创意。

正逢苹果树开花的时节,一个上午都是芬芳扑鼻。大约十点钟的时候,彭罗德急急忙忙地从厨房门口出来,口袋鼓鼓的,他的脸颊也是鼓鼓的,嘴里正艰难地吞咽着什么。突然一个拖把向他飞来,操控它的是穿格子衣服的厨娘黛拉。拖把一直追着他到门口。他前面还有一只慌慌张张的小狗,嘴里叼着一个热乎乎的甜甜圈。厨房门被气急败坏地重重关上,黛拉恼怒的声音也随之关进屋里。彭罗德和公爵惬意地坐在草坪上，享受他们突袭得来的战利品。

斯科菲尔德家宽阔大院的边界是一个十字街口，那里传来一阵马儿慢跑的"哒哒"声和马车的"叮当"声。彭罗德抬起头望去，看到路过的一辆维多利亚马车，老式而不失华丽，车里一个胖乎乎的熟悉的身影正木讷地坐着。他是小罗德里克·马格斯沃斯·比兹，在每个星期五下午的舞蹈课上他和彭罗德是难兄难弟，不过在其他情况下就不一样了。他是一个被家里人庇护得很好的男孩子，有私人家教，而且家里一直保护他免遭粗鲁同伴或是杂乱信息的不良影响。他的身体在疯狂生长，体态臃肿，却不乏善良温和。彭罗德对这个温室里长大的小羊羔毫无兴趣。不过，小罗德里克·马格斯沃斯·比兹是个重要人物，他来自著名的马格斯沃斯·比兹家族。不过，若想将罗德里克家族的名声提升到一个新高度，远远超越现有的贵族边界，那非古灵精怪的彭罗德莫属了。

马格斯沃斯·比兹家族之所以名声显赫，因为他们总是令人钦佩，并没有其他原因。而他们令人钦佩是因为他们坚信自己与众不同。家族里的成年人总是一本正经的，从来没有变过。他们总是衣着优雅，沉默寡言，一副高高在上的样子，仿佛他们知道一些别人永远不会知道的绝妙而神圣的事情。他们在场的时候，其他人都会莫名其妙地产生卑微感，暗自觉得自己的祖先、手套、口音都不对劲。马格斯沃斯·比兹家族的作风是克制和高冷，虽然有些时候也会露出和蔼亲切的一面，赏给别人一些微笑，仿佛给了很大的恩惠。

自然而然地，当社区里哪个市民做了一些有违传统或是不合时宜的事情，或是犯了错，或是某个亲戚干了坏事的时候，这位市民最大的担忧是让马格斯沃斯·比兹家的人知道。

事实上，这个令人不爽的家族已经威慑这个社区很多年，虽然社区里的人从来没意识到他们被威慑，而且口径一致地表明这个家族构成了"城里最具魅力的圈子"。罗德里克·马格斯沃斯·比兹夫人是大家公认的道德举止的最高楷模及首席评论家。那些家庭优渥的人，若能高攀与她结识，她都会为他们主持公道。

马格斯沃斯是名字中重要的一个部分。罗德里克·马格斯沃斯·比兹夫人出身于马格斯沃斯家族，家族的徽章不仅仅装饰着马格斯沃斯·比兹夫人的信纸，还出现在瓷器上、桌布上、烟囱上、前门的毛玻璃上、维多利亚马车上以及马具上。不过，花园里浇水的软管还有割草机被遗漏了。

当然，只要是个理智的人，都不会把这个著名的徽章图案和那个臭名昭著的丽娜·马格斯沃斯联系起来。最近几周，"丽娜·马格斯沃斯"这个名字已经占据了各大报纸头条，字号一周比一周大，这是因为人们越发相信她是毒死一个八口之家的凶手。即使这样，但凡理智的人还是不会把马格斯沃斯·比兹家族和毒辣的丽娜关联起来，当然彭罗德是个例外。

彭罗德从不会错过报纸上刊登的凶杀案，尤其是那些被处以绞刑或是电刑的罪犯的报道。他对丽娜·马格斯沃斯的了解几乎和她的陪审团一样多，虽然陪审团是坐在两百英里外的法庭里。彭罗德有个大胆且直接的想法——他想问问小罗德里克·马格斯沃斯·比兹，那个女杀人犯是不是正好是他们家亲戚。

然而此刻的相遇，双方仅仅是淡淡地打个招呼，并没有给彭罗德打探的机会。他摘下帽子，而小罗德里克则坐在他母亲和姐姐之间，漫不经心地点点头，但是马格斯沃斯夫人和她女儿对这位小男孩的招呼却视而不见。她们不喜欢他，认为他成不了什么事，即使能成，也是坏事。被冷落的彭罗德若有所思地把帽子重新戴好。他受到打击之后的反应和一个成熟男人是一样的，彭罗德感觉掉到了冰窟里。他猜测她们看不起他是因为她们看见他手里拿着剩下的最后一点甜甜圈，之后又想到可能是公爵给他丢了脸——公爵看起来绝不是一只上流社会的狗。

还好，很快彭罗德就恢复了年轻人的活力，他发现一只蜘蛛爬上了自己的一个膝盖，同时在另一个膝盖上发现了一只甲壳虫。他在进行生物实验过程中忘记了罗德里克·马格斯沃斯·比兹夫人带来的不快。彭罗德试图用一只别针进行活体器官移植，可惜没有成功，不过他终于相信，一只蜘蛛是无法用甲壳虫的腿来走路的。不久之后，黛拉的出现又进一步提升彭罗德对动物学的兴趣，她把地窖里一个巨大的捕鼠器放在了后门门廊，里面囚禁着四只活老鼠，正等着被处决。

彭罗德立刻把捕鼠器据为己有，他退到空荡荡的马厩里，把老鼠放到一个小木盒子里，用一块玻璃窗碎片从上面盖住，又用一块碎砖压着。如此一来，当摇晃或是敲打盒子时，他就可以不急不忙地研究那些小老鼠焦躁不安的症状了。总而言之，这个周六的开端还是很不错的。

过了一会儿，这位学者的注意力从他的试验样本转移到了一股奇特的气味上。他嗅着鼻子一路探究，发现这股味道是从小巷里扩散到马厩里来的，于是他打开了通往小巷的后门。

小巷对面是一间村舍，是一位节俭的邻居沿着自家后墙建的，并租给了黑人。此时一个黑人家庭正忙着搬进来，门口一头清瘦的骡子和一辆东倒西歪的马车更是证实了这一点。马车里装着一个炉子式的东西，还有一些朴素的家用物品。

一个瘦小的黑人小男孩站在骡子旁边，手里攥着一根生了锈的铁链。链子的另一头，正是这股特殊气味的来源——一只大浣熊。这让彭罗德兴奋不已，之前对那些老鼠毫无兴趣的公爵，突然开始一阵狂吠，并且佯装要攻击这只陌生的动物。但它只是装装样子，公爵毕竟是一条老狗，经历过许多磨难，也不想再招致不必要的伤痛，所以它的行为也就局限于向对方发出警告。此刻它正远远地坐在一边，不时用颤抖的假声表达自己的情绪。

"请问那只浣熊叫什么名字?"彭罗德问,他并不想失礼。

"我没没没名名——"黑人小男孩说。

"什么?"

"我没没没名名——"

"什么?"

黑人小男孩看上去有些恼怒。

"我没没没名名,去你的。"他有些不耐烦。

彭罗德以为他是有意辱骂。

"你这人怎么回事?"他走近一步问道,"你对我无礼,小心我——"

"喂,白人男孩!"一个和彭罗德差不多大的黑人男孩出现在村舍门口,"你离我兄弟远点儿,他不会把你怎么样的。"

"不过,他为什么不回答我的问题?"

"他回答不了。他结巴,说话就那样,清楚不了。"

"哦。"彭罗德气也消了。此情此景之下,人们心中普遍都会有一种嘲弄逗趣的冲动,彭罗德也顺应了这股冲动,他转向那个可怜的小男孩。

"再说点什么吧。"他急切地请求道。

"我说没没没名名。"黑人小男孩立刻给予回应,有一丝明显的卖弄,黑黝黝的小脸上明显挂着得意。

"他是什么意思?"彭罗德问道,有些着迷。

"他说他想告诉你那只浣熊还没有取名字。"

"那你叫什么名字?"

"我叫赫尔曼。"

"那他叫什么名字?"彭罗德指了指说话结巴的小男孩。

"威尔曼。"

"什么?"

083

"威尔曼。我们家一共有三个男孩子。老大叫谢尔曼,我是老二,叫赫尔曼,然后是他,他叫威尔曼。谢尔曼已经死了,威尔曼是最小的。"

"你们会住在这里吗?"

"嗯,我们从那里的农场搬过来。"

他右手指向北边,彭罗德顺着他的手望去,眼睛睁得老大。赫尔曼右手没有手指。

"看呀!"彭罗德大叫道,"你没有手指!"

"我卡卡。"威尔曼说,嚣张而得意。

"是他干的。"赫尔曼解释道,轻声笑着,"是的,就是他剁掉的,很久之前。他在玩弄一把斧子,我把手指放在斧头下方,然后对他说:'威尔曼,把它们剁掉!'于是威尔曼立刻把它们连根剁掉了!就是这样。"

"为什么呢?"

"不为什么。"

"他哈我呼。"威尔曼说。

"是的,是我让他这么做的。"赫尔曼说,"然后他就剁掉了,但是后来没有再长出新的来。该死!"

"可你为什么让他这么做呢?"

"不为什么。我就是这么说了,然后他就那么做了!"

兄弟俩看上去高兴而得意。显然彭罗德对他们兴趣浓厚,这是对他们独特性的赞赏,他们因此感到得意而满足。

"看奎妮。"威尔曼热心地建议。

"好吧。"赫尔曼说,"我们的姐姐奎妮已经成年了,她脖子上有个甲状腺瘤。"

"有个什么?"

"甲状腺瘤。她脖子上鼓着好大一块。她这会儿正在帮妈妈搬家。你从前面那个屋子的窗户里望进去,她正在扫地,你可以看到她脖子上的那个瘤。"

彭罗德透过窗户望去,果然看到了奎妮肿大的甲状腺瘤。他从来没见过这样的东西,一直盯着看,直到威尔曼继续说话才把注意力从窗前拉了回来。

"威尔曼想要告诉你有关我们爸爸的事情。"赫尔曼继续道,"妈妈和奎妮搬到城里来,是想在爸爸出来前把屋子收拾好。"

"从哪里出来?"

"监狱。爸爸砍了一个人,警察把他关进监狱了,从圣诞节一直关到现在,不过下周他们就要把他放出来了。"

"他用什么砍人的?"

"用一个干草耙子。"

彭罗德开始觉得这家人真是让人着迷,和他们待上一辈子都不够。兄弟两人热情友好,和他一样开心不已。他们人生中第一次因为自己的与众不同让别人着迷。赫尔曼挥舞着自己的右手,威尔曼一直笑嘻嘻地不停说话,虽然有些刻意。他们很乐意将浣熊安置在斯科菲尔德先生家空着的马厩里,因为彭罗德已经开始称呼它为"我们的浣熊"。于是这只浣熊就被拴在墙边,紧挨着装老鼠的盒子,面前放了一盆水。他们也认同了这位新朋友的其他建议。这位新朋友突然来了艺术灵感,他建议给那只没有名字的宠物起名为谢尔曼,来纪念他们那位已故兄长。

就在这个时候,突然从前院传来真假声交替互换的呼喊声,这种特殊的声音只有还没有"变声"的男孩子才能够发出来。彭罗德也以真假声交替的呼喊声回应,接着塞缪尔·威廉姆斯先生出现了,胳膊下夹着一大捆东西。

"嘿,彭罗德!"他轻松随意地在屋外打着招呼,他刚进入屋内就突然停下步伐,吹了一声奇异的口哨。"呀呀呀!"他接着大叫道,

"看那只浣熊！"

"我猜到你要说'看那只浣熊！'"彭罗德得意地回答，"不过这里还有很多有意思的可以看。威尔曼，说几句话。"威尔曼照做了。

萨姆产生了极大的兴趣，他问："你刚刚说他叫什么名字？"

"威尔曼。"

"怎么写？"

"威——尔——曼。"彭罗德回答道，他之前已经问过赫尔曼。

"哦！"萨姆说。

"赫尔曼，随便指个东西。"彭罗德命令道，当赫尔曼伸出手的时候，萨姆的反应足以表达他的兴奋之情。

作为发现者，彭罗德继续推广谢尔曼、赫尔曼、威尔曼的各种事迹。接着，他陪着萨姆来到小巷饱览了奎妮的风采（她好像也不太在意自己越来越出名），最后到达一个激动人心的高潮——有关干草耙子的事件及其后果的描述。

累积下来的效果是巨大的，只有一个可能的结果。正常的男孩子通常至少是半个巴纳姆[①]。

"我们搞个展览吧！"

彭罗德和萨姆都声称是自己先开口提议的，不过因为匆忙和兴奋地做着准备工作，这个争论被暂时搁置。萨姆胳膊下夹着的一大捆东西，本没有一个确定的目的，现在却给大家带来很多灵感，派上了很大用处。其中有几大张淡黄色的包装纸，是萨姆母亲在春季大扫除的时候丢掉。挨着马厩的储物室里还有几个残留着一些油漆的罐子。此刻，马厩的外墙上张贴着一幅鲜明夺目的巨大海报，吸引着过路人的眼球。

[①] 巴纳姆（1810—1891）：美国游艺节目演出经理人，以主办耸人听闻的游艺节目演出和奇人怪物展览而闻名。

"宣传广告"是所有剧场演出或展览的必备之物。在此之后,大家又继续投入大量的精力来改造干草棚。如果说干草棚被改造得面目全非,那是不可能的,但是对比它以前的样子,确实无可争议地被改造了。公爵和谢尔曼被拴在后墙那里,两者之间间隔了好长一段距离。一开始公爵并不愿意接受这样的安排,在挣扎反抗的过程中它表现出充沛的精力和机敏的反应,这对它这样的身材矮小的中年狗来说简直是个奇迹。他们为观众们临时准备了长椅,房梁上、玉米堆里、干草堆上都装饰着萨姆·威廉姆斯家阁楼里的小旗子和彩条。萨姆从家里拿东西回来的时候顺带拿了一顶老式的大礼帽,身边还多了一只用绳子拴着的德国猎犬,狗儿长得精致,是萨姆在路上遇到的。在个人装扮方面,大家毫不吝啬地用起了涂料:在赫尔曼和威尔曼深色面庞的衬托下,绿色和白色的波浪显得格外灿烂;而萨姆和彭罗德的脸上则画着褐色的小胡须,一副高高在上的样子,如果没了这个,就称不上是专业尽职的表演者了。

经过讨论,大家决定不再试图把奎妮加入展览的名单中,她的兄弟严词拒绝去当说客。他们非常肯定奎妮绝对不会同意,赫尔曼非常生动形象地描述了当别人过度关注她的外貌时,她有多恼怒多抓狂。还好,彭罗德看到那只德国猎犬后有了一个新主意,之前的失望也减轻了不少。整个团队又忙活着在海报上浓墨重彩地添上了一行。

他们发现已经有七个人(其中两个是成年人)聚集在街上,拜读他们的海报了。

斯科菲尔德&威廉姆斯
大型展览
入场费一分钱或二十个别针
珍奇博物馆

正在展出

谢尔曼、赫尔曼&威尔曼

他们的父亲在监狱里

因为用干草耙子

捅了一个人

谢尔曼是在非洲抓到的

野生动物

赫尔曼是独指怪人

威尔曼是野蛮怪人

这个野人小男孩只说自己的土著语

不要忘了公爵

这只印第安狗

还有曾在密歇根受训的老鼠

　　萨姆和彭罗德之间进行了一场激烈的争论,最后通过抽签解决了问题。彭罗德走到观众(已经增加到九位)面前,大摇大摆地添上德国猎犬的噱头:

千万不要错过南美大狗

它有部分鳄鱼血统

第十六章

新的明星

萨姆、彭罗德、赫尔曼还有威尔曼大摇大摆地从这群没有付费的观众的视野中退出,他们来到堆满干草的阁楼上。在对干草棚进行简单修葺之后,展览正式对外公开。萨姆进行了口头宣传之后,"乐队"也开始了表演。周围闲散的群众立刻被吸引过来。所谓的乐队,其实就是彭罗德和萨姆这两个合伙人拿着梳子和纸弄出声响,再加上赫尔曼和威尔曼用棍子敲打瓶瓶罐罐发出的声音。

效果立竿见影。很快就有一群观众聚集在楼梯口,想要入场。赫尔曼和威尔曼站在墙边的展品中间;萨姆站在入口处,一边卖力吆喝,一边卖票;而彭罗德则表现得温文尔雅,履行着管理者的职责,承担着展览主持人和讲解员的角色。他向第一批入场的观众深鞠一躬,其中包括伦丝戴尔小姐和她的家庭教师,她们是付费进场的。

"女士们,请进,请靠右边走,请不要挡住安全通道。"彭罗德恭敬得体地说,"请坐下,每个人都有座位。"

紧跟在伦丝戴尔小姐和女家庭教师之后入场的是乔吉·巴西特和他的小妹妹。除此之外,还有其他六七位住在附近的小孩子也跟着过来。上座率还是非常让人满意的,虽然除了伦丝戴尔小姐和她的女家教之外,后来的几位付的都是别针。

"女士们,先生们。"彭罗德喊道,"首先出场的是这只正宗南美洲大狗,它有部分鳄鱼血统!"他指向那只德国猎犬,用平淡的语气补充道:"就是它。"随即他又恢复了演出主持人的角色,说道:"接下来,你们将看到公爵,它是一只正宗的纯种印第安犬,来自遥远的西部平原和落基山脉。下面出场的是在密歇根经过特训的老鼠,它们是在密歇根被捕获的,经过训练,只要稍微给点——给点——提示,它们就能够跳起来并且围着盒子绕圈。"他停顿了一下,一方面是为了喘口气,一方面是惊讶于自己丰富的词汇量。

"只要稍微给点提示!"他重复道,在适应了这个词之后,他又继续说道,"我会敲打这个盒子,所有人都会看到这几只正宗的纯种密歇根老鼠在这么点提示之下如何表现!大家快看!快看!虽然这几只老鼠现在只能做到这些,但我和萨姆将继续训练它们,今天下午之前它们可以做更多的动作。女士们,先生们,请大家现在把目光转向谢尔曼,它是一只来自非洲的野生动物,抓捕它可是耗费了不少捕猎器以及很多它同伴的性命。接下来,请允许我向大家隆重介绍赫尔曼和威尔曼。他们的父亲在盛怒之下用干草耙子捅了人,正如外面的广告所描述的那样,他们的父亲现在被关在监狱里。女士们,先生们,请仔细看看他们,没有额外收费,你们现在看到的是两个带文身的野人,他们的父亲在监狱里。赫尔曼,把手伸出来指一指,所有人都能看到。再指一指,赫尔曼。这是仅存的独指文身野人。女士们,先生们,最后一个节目,我们有请威尔曼,文身的野蛮小男孩,他只会说自己的土话。说点什么吧,威尔曼。"

威尔曼照做了。这立刻掀起了高潮。观众们一次次热情地呼唤他继续表演。观众们的欣赏和误解让威尔曼感受到一种独特的兴奋和喜悦,如果可以,他非常乐意说一整天。不过,萨姆·威廉姆斯具有真正的演出老板的远见卓识,他在彭罗德耳边小声嘀咕了几句,后者立即结束了威尔曼的独白表演。

"女士们,先生们,我们的演出到此结束。请安静离场,小心碰撞。你们全部离开后将会有下一场表演,欢迎大家再次捧场,入场费还是和之前一样便宜,请安静离场,小心碰撞。别忘了,入场费只要一分钱,一毛钱的十分之一,或者二十个别针,变形的不收。请安静离场,小心碰撞。斯科菲尔德和威廉姆斯乐团将在每场演出前进行演奏,欢迎大家捧场,入场费还是和之前一样便宜。请安静离场,小心碰撞。"

紧接着,斯科菲尔德和威廉姆斯乐团奏响了他们第二轮演出的序曲,这一次时不时隐隐约约地能听出一些曲调。第一场演出的所有观众又回来了,其中大多数人趁着两场演出的间隙,急急忙忙跑回家找更多的别针。伦丝戴尔小姐和她的女家教再一次付了硬币,并因此被安排在最好的位置。当第三场演出开始的时候,之前忠实的观众又一次悉数到场,另外还增加了七个新面孔。如果你见过大剧场经理在"现象级演出"前信心满满地在剧院里闲庭信步,你就能理解彭罗德和萨姆这两个合伙人此刻兴奋激动的心情了。

从一开始,这场表演最吸引人最精彩的部分就毫无疑问的是威尔曼——这个文身的野蛮小男孩,只会说自己的土话。威尔曼大获全胜!只见他神采奕奕,被观众笑眯眯地看着,他滔滔不绝地发出迷人的声音,只要他一张口,观众们立刻鸦雀无声。他们屏住呼吸,身体前倾,不愿错过他嘴里发出的半个音节,直到彭罗德出面打断,然后观众席爆发出雷鸣般的掌声,威尔曼也因此开心地大笑。

只是没过多久,威尔曼就表现出了一个新星的所有缺点。不过他暂时还没有任性离谱到不能被原谅。当彭罗德在介绍其他展品的时候,这位文身的野蛮小男孩一直不停地跺脚,龇牙咧嘴,做各种小动作,拍拍自己的小胸膛,又指指自己,仿佛在说:"等会儿看我的!我是最大的展品。"这位被惯坏了的大众宠儿,也会和其他宠儿一样,到时候就会明白大众的宠爱是多么反复无常。

但是不可否认,在整个上午的演出中,他是所有观众的偶像,看看他,确实是这样!他的火爆在乐团奏响第五场演出序曲的时候达到了高潮。伦丝戴尔小姐情绪激动,大吵大闹的声音几乎将乐队演奏的声音淹没。她挣扎着要上楼看演出,全然不顾她的家庭教师的阻拦。

"我不要回家吃中饭!"伦丝戴尔小姐尖叫道,声音有些撕裂,"我还要听那个文身的野蛮小男孩说话!太好听了——我还要听他说话!我要!我要!我想听威尔曼说话——我想听——我想听——"

哭泣中,她被强行抱走了——她不是第一个对这种模糊不清的表达着迷的小姑娘,也不是最后一个认为这种模糊表达胜于其他雄辩口才的女性。

在此之后,威尔曼的表现简直让人难以忍受。但是,和其他经理人一样,斯科菲尔德和威廉姆斯抑制住自己的不满,任由这位头牌私下里因为自己的演出效果洋洋得意,上蹿下跳,甚至也附和着假惺惺的哈哈大笑,笑声中满是单纯而笨拙的虚荣。

下午的第一场演出与上午的盛况相比,毫不逊色。虽然伦丝戴尔小姐被留在了家中,因此午饭前唯一的现金来源也随之消失,但是莫里斯·利维出现了。他陪着玛乔丽·琼斯来的,付了两个人的入场费,他漫不经心且居高临下地把钱放入萨姆手中。一看到玛乔丽,彭罗德的脸"唰"的一下红了,脸上还挂着中午刚画的两撇小胡子。他卖力地进行着解说,好像之前没有说过一样,举手投足之间都注入了新的魅力,声音也是前所未有的洪亮。他气度不凡地游走于各个展品之间,充分展示自己的男子气概。当他毫无惧色地拿起装着老鼠的盒子,满不在乎地敲打盒盖时,他人生中第一次留意到玛乔丽的明眸中流露出崇拜的目光,温柔婉转。接着,威尔曼登场了,彭罗德就被遗忘了,玛乔丽的目光再也没有在他身上停留。

一位专职司机上了楼,他带来了口信说,利维夫人正在等她的儿子及其女友。此时,威尔曼在两位经理人的允许之下,发出了本场最后一点声音,莫里斯和玛乔丽在尽情欣赏之后就离开了,他们要去大剧院看一场真正的演出。玛乔丽扭过头来,恋恋不舍地回望,不过那清澈的眼神仅仅停留在文身的野蛮小子身上。给生活带来讽刺的几乎总是女人。

这之后,也许是因为好奇心已经得到满足,也许是因为别针紧缺,上座率开始下滑。只有四个人对下一场演出有些回应,接下来四个人又减少到三个,最后只剩下一位看上去不会再次光临的观众。斯科菲尔德和威廉姆斯有些灰心丧气。这之后的一段时间,无论乐队怎样演奏都无济于事。

差不多三点的时候,斯科菲尔德和威廉姆斯垂头丧气地讨论着各种能够重燃观众兴趣的方式,但都效果不佳。这时候,一位意外的观众出现了,并且付了一分钱入场费。原来这个"大型珍奇展"已经美名远播,甚至扩散到那远若星际之外的高雅之处。这位新观众不是别人,正是小罗德里克·马格斯沃斯·比兹。他穿着水手服,趁着严厉的母亲和家庭教师忙碌的时候,偷偷从庄园溜了出来。

他没有和谁商量,自顾自地坐了下来,大家极其认真地给他表演。真不愧是接受了特权教育的人,罗德里克苍白而肥硕的面庞上,除了表现出一种无法撼动的优越感,再无其他。他无动于衷地坐在第一排长凳上,不得不说,给他表演是一件非常令人泄气的事情。然而,这并不意味着他毫无反应——事实上,他反应可大了。他的每一次评论都给热情洋溢的解说者泼了一大盆冷水。

"那是我叔叔埃塞尔伯特的德国猎犬。"在展览开始,他说道,"如果不想被抓的话,最好赶紧还回去。"彭罗德心里惴惴不安,试图忽略他的干扰,继续介绍那只正宗的纯种印第安犬公爵。"你为什么不把那只狗丢掉?"罗德里克说,"它根本卖不出去。"

"我父亲能给我买很多很多只浣熊,比你们这只更好。"过了一会儿他主动说道,"只不过,我才不要这种脏兮兮的破东西。"

缺了手指的赫尔曼也没有被放过。"呸!"罗德里克说,"我们家的马厩里养了两只猎狐犬,曾经在狗狗时尚秀上获过奖,但是它们的尾巴被咬掉了。有一个人总是喜欢咬猎狐犬的尾巴。"

"喔,我的天哪,真会说胡话!"萨姆·威廉姆斯不明就里地大叫道。

"彭罗德,既然他已经付了钱,不管他喜不喜欢,咱们接着演出。"

威尔曼对自己的独特能力信心满满,当看到其他的展品无法取悦这位冷若冰霜的观众时,他公然地"咯咯"笑了起来。轮到他施展自己本领的时候,他像之前一样滔滔不绝地说了起来,却立刻得到了负面反馈。

"没劲。"比兹先生一副不感兴趣的样子,"任何人都能像那样说话,如果我想,我也能做到。"

威尔曼突然中止了表演。

"是吗?你也能?"彭罗德大叫道,感觉被刺痛了一下,"那你来表演让我们听听。"

"是呀,先生!"另一个合伙人也大叫道,"你来表演让我们听听!"

"我是说如果我愿意我也能做到,"罗德里克回答道,"我并没有说我要这么做。"

"呵,就知道他做不到!"萨姆嘲笑道。

"如果我尝试了,肯定也能做到。"

"好啊,那让我们见识见识!"

激将之下,这位观众真的进行了尝试,但由于评委的不公正,他的努力在众人声势浩大的奚落嘲讽中宣告失败。

"不管怎样,"等大家平复下来后,罗德里克说,"如果我不能办一场比这个更好的展览,我就卖光所有东西,离开这座城市。"

他的攻击者并没有去追问他卖光什么东西,只是乱哄哄地大声叫嚷以示轻蔑。

"我单凭一只左手就能办一场比这个更好的展览。"罗德里克声称。

"那么,你那个破展览里有什么展品?"彭罗德问道,他终于放低姿态。

"那没关系,我会有足够的展品!"

"可你的破展览里不会有赫尔曼和威尔曼。"

"不会有他们,我也不需要他们!"

"那么,你还能有什么?"彭罗德一脸嘲弄之色,仍不肯罢休,"你总得有些东西吧,你自己可成不了一个展览!"

"你怎么知道不能?"罗德里克的本意是反击一下以拖延时间来想想有什么好办法,结果引发了新一轮的冷嘲热讽。

"你觉得你自己一个人就可以支撑一个展览?"彭罗德发问。

"你怎么知道我不能?"

两个白人男孩和两个黑人男孩一起尖叫着对这个大言不惭的人嗤之以鼻。

"我肯定能!"罗德里克提高嗓音,突然吼了起来,让别人听到他说话。

"好啊,那你告诉我们你要怎么办这个展览。"

"总之,我知道怎么做,这就行了。"罗德里克说,"如果有人问你,你就告诉他,我知道怎么做,这就行了。"

"呵,你什么都做不了。"萨姆开始和他争辩,"你说你自己就能成一个展览,你要怎么做? 展示给我们看看你能做什么。"

"我没说我什么都能做。"面对对方的纠缠不休,他仍在回避问题。

"好呀,那么,你自己怎样办成一个展览?"彭罗德发问,"我们能办成一个展览,即使赫尔曼不用手去指东西,即使威尔曼不张嘴说话,我们也能办得成。他们的父亲用干草耙子捅了一个人,我想是的吧?"

"你怎么知道!"

"好吧,我想他被关在监狱里,是吧?"

"呵,他们的父亲在监狱又怎么样,我又没说他不在,我这样说了吗?"

"好吧,但你的父亲没被关在监狱,对吧?"

"呵,我从来没说过他在监狱,我说过吗?"

"好吧,那么,"彭罗德继续说道,"你要如何让自己成为一个——"他突然打住,盯着罗德里克看了起来,从变化的神情中可以看出他有了新主意。他忽然记起自己曾经想问问小罗德里克·马格斯沃斯·比兹关于丽娜·马格斯沃斯的事情。此刻罗德里克声称他有独自一人撑起一场展览的秘诀,这让彭罗德恼怒不已,却让他记起之前的这个想法,两件事情就这样碰撞在一起,彭罗德完全改变了态度。

"罗迪(罗德里克的昵称)。"他突然亲切地呼唤,几乎已经预见到某个重大而劲爆的事情,"罗迪,你是不是丽娜·马格斯沃斯的亲戚?"

小罗德里克从来没有听说过丽娜·马格斯沃斯,虽然关于她昨天被宣判的新闻已经上了国内各大报纸的头版,而且是用黑色的字体和可怕的字眼进行的重点报道,十分醒目。不过,在家里他是不被允许阅读这些报道的,虽然家里人对这种亵渎家族名字的巧合愤怒不已,但是在他面前并没有表现出来。现在他看出来,彭罗德·斯科菲尔德和塞缪尔·威廉姆斯对这个名字很敬畏,就连赫尔曼和威尔曼,虽然因为长期住在乡下没接受过什么教育,当听到丽娜·马格斯沃斯的名字也意外地沉默了起来。

"罗迪。"彭罗德又问了一遍,"说实话,丽娜·马格斯沃斯是你亲戚吗?"

没什么比一个人执着于自己的优越感更为危险的了,特别是当这种优越感是从祖上继承而来的。世界上到处都是精明多疑的人。小罗德里克·马格斯沃斯·比兹自幼接受的教育让他对马格斯沃斯家族的重要性深信不疑。每一次用餐,他都会深感马格斯沃斯家族的伟大。然而,他和同龄小男孩接触得不多,大家也都不在意他。现在,他隐隐约约地感受到,马格斯沃斯家族的威名甚至能让男孩子们都感到震慑。他知道,马格斯沃斯家族的血统在世界上至高无上,所以,在他自吹自擂把自己逼进死胡同的时候,他决定利用这个优势为自己赢得胜利。

"罗迪。"彭罗德又开口了,神情严肃,"丽娜·马格斯沃斯是你亲戚吗?"

"是吗,罗迪?"萨姆问道,声音近乎沙哑。

"她是我姨妈!"罗迪大叫。

随后一片寂静无声。萨姆和彭罗德像见了鬼一样,盯着小罗德里克·马格斯沃斯·比兹看。赫尔曼和威尔曼也是一样。罗迪这个弥天大谎完全改变了事态。没有人质疑,也没有人认为这事太巧合了所以不会是真的。

"罗迪。"彭罗德充满希望,颤抖着说,"罗迪,你愿意加入我们的展览吗?"

罗迪加入了。

就连他都能看出来,彭罗德这份邀约意味着他将被捧为最引人注目的台柱子。很明显,他感受到自己在其他男孩子心中的地位陡然提升。一直以来,他都被灌输这样的观点——自己出身高贵,极具天赋,享有特权。现在这样的感觉好极了。到家里拜访的人,或是母亲和姐姐的熟人,经常夸赞他;他曾听见夫人们称赞他"可爱""是个讨喜的孩子";小姑娘们也对他毕恭毕敬的,但是在此之前从来没有哪个小男孩,哪怕只有一刻,平等地看待过他。此刻,就在这个瞬间,他不仅仅被允许加入他们的团队,而且很明显地被认为是有价值的、稀有的、神圣的,他将成为受人欢迎的台柱子。实际上,斯科菲尔德和威廉姆斯还真找了一个大箱子让他站在上面。

随后的一些活动安排让罗德里克的心里渐渐不安起来,但还不至于让他放弃一号展品的重要地位。他并不是一个反应敏捷的男孩,过了很长时间,他才完全明白自己为什么会出名。他隐隐约约地感受到如果事情传到家里,家里人肯定不会喜欢,但是他沉迷于公众人物的形象所带来的浮华与喧嚣,所以没有提出抗议。相反地,他全身心地投入到新一轮演出的准备活动中。在萨姆的帮助下,他画上了蓝色的络腮胡子,他还帮忙刷写新海报。海报张贴在马厩那面对着十字路口的外墙上,正向繁忙街道上来往的过路人大肆宣传着残忍的谋杀。

斯科菲尔德 & 威廉姆斯

新一轮展览

明年七月将被吊死的

在牛奶里加了砒霜

杀了八个人的

著名女杀人犯

丽娜·马格斯沃斯

唯一在世的外甥

小罗德里克·马格斯沃斯·比兹

还有谢尔曼、赫尔曼以及威尔曼

密歇根老鼠

具有鳄鱼血统的猎狗

纯种印第安犬公爵

入场费是一分钱或者二十个别针

和之前一样没有变

千万不要错失良机

即将被吊死的著名女杀人犯

丽娜·马格斯沃斯

唯一在世的外甥

小罗德里克·马格斯沃斯·比兹

第十七章
从演出事业中退休

彭罗德、萨姆还有赫尔曼从不同的方位出发,目标是一大片居民区,他们用厚重的包装纸卷成喇叭筒,激情四溢地宣讲海报上的内容。而小罗德里克·马格斯沃斯·比兹和威尔曼则待在演出的阁楼上,以确保没有付费的人看不到他们。宣传冲锋队一回来,斯科菲尔德和威廉姆斯乐团就开始了震耳欲聋的演奏,大群的观众蜂拥而至,公司的小金库又充盈起来。

演出又一次呈现出欣欣向荣之势。当大家了解到罗德里克的"故事"之后,第一批观众比上午的人数更多。比兹少爷,只有他一人是站在箱子上的,真是一件稀世珍品。在彭罗德详尽清晰的讲解过程中,所有人的眼睛都牢牢地盯着比兹少爷,长久地停留在他身上,怎么也看不够。

一束光的闪亮必然意味着另外一束光的暗淡。生活中充满跷跷板似的起起伏伏,高处不胜寒。那个文身的、只说自己的土著语的野蛮小男孩,那个快乐的威尔曼,他不再蹦蹦跳跳了,不再咯咯笑了,不再手舞足蹈地来吸引大家了,也不再拍打自己的胸膛,脸上笑容不再。没有了,一切都没有了。他的那些为了吸引更多注意力的小诡计,那些为了讨好善变的观众而做的亲密的小举动,都没有了。他靠着墙边蹲下,怒视着眼前的新展品引发的轰动。威尔曼正在遭受着妒忌所带来的痛苦,这种事情很常见,尤其是对情绪激动的人而言。

第二批观众中,有一位付了现金的成年人,他全神贯注的样子让演出者受宠若惊。演出结束后,他留了下来,并且问了罗德里克几个问题。在彭罗德的提示下,罗德里克含含糊糊地完成了回答。之后,那人也没有说明问这些问题的目的是什么,就离开了,但是当天迟些时候,他的意图就不言自明了。出于这个特别的意图,这位戴眼镜的青年在离开斯科菲尔德和威廉姆斯的大型展览后,又随即打了几个简短而激动人心的电话,其后果不容忽视。

大型展览进入高潮,不仅观众席上坐得满满的,人头攒动,场外还有很多人等着入场看下一场演出。场内场外之间有一条很明显的分界线,过了这条线相当于犯罪。一群人聚集在街上认真地看着宣传海报,夕阳西下,暮光斜照中的海报闪闪发光。那些坐在汽车里或者乘坐其他交通工具的人们也停了下来,一起阅读对外公布的这则激动人心的消息。就在这时候,一辆华丽的维多利亚式的马车疾驰而至,下来一位体态臃肿却不失华贵的夫人,她脸涨得通红,非常不友善地穿过院子走来。

那些原本等着看演出的成年人一见到她,立刻一哄而散,消失不见了。那些中途停下来看热闹的车辆也赶紧发动接着赶路。夫人身后跟着一位侍从,一副战战兢兢、唯唯诺诺的样子。

通往演出阁楼的楼梯又窄又陡。罗德里克·马格斯沃斯·比兹夫人有些壮实,爬起楼来并不轻松。她在上楼的过程中,清清楚楚地听到彭罗德解说的声音。

"女士们,先生们,请注意,大家现在看到的是小罗德里克·马格斯沃斯·比兹,他是可怕的女杀人犯丽娜·马格斯沃斯唯一在世的外甥。丽娜·马格斯沃斯把砒霜分别放进八个人的牛奶中,之后又把牛奶倒进咖啡里,八个人全都死了。可怕的用砒霜下毒的女杀人犯——丽娜·马格斯沃斯。女士们,先生们,罗迪是她唯一在世的外甥。她是比兹家族的亲戚,但是罗迪是她唯一在世的外甥。别忘了,明年七月,丽娜·马格斯沃斯将被处以绞刑。大家注意看,此时此刻在你们面前的正是——"

彭罗德突然停下来,因为眼前出现了一位重要人物,她威严的气场充斥着整个入口,令人心生敬畏。彭罗德话到嘴边,却说不出来了。

罗德里克·马格斯沃斯·比兹夫人看见了自己的儿子——自己的亲骨肉——脸上是蓝色的络腮胡子,他站在箱子上,箱子两侧是谢尔曼、威尔曼、密歇根老鼠、印第安犬公爵、赫尔曼,以及那只有部分鳄鱼血统的猎狗。

罗迪也看到了入口处如同幽灵般的人影。他不用猜也能读懂此刻那人的面部表情。在此之前,罗迪张开了嘴巴,保持这样的嘴型,尽全力发出恐惧的哀鸣。

能说会道的彭罗德在此危急时刻也卡壳了。在那可怕的瞬间,他看到罗德里克·马格斯沃斯·比兹夫人一步一步靠近,如同即将雪崩的大山一样,将带来致命一击。她的身影看起来越来越大,脸似乎也越来越红,仿佛有闪电划过她的头顶。彭罗德感受到观众们正在四处逃离,整个演出场仿佛遭受到了严重的侵袭,到处都是尖叫声、踩踏声,以及逃窜的人们。而那座大山正一步一步向彭罗德靠近。

彭罗德站在草料滑道的开口处,滑道穿过地板,可将草料直接运往一楼的饲料槽。于是彭罗德也穿过地板。他爬进滑道,顺着滑道滑下,但是并没有完全到达一楼,因为塞缪尔·威廉姆斯先生早已先他一步,进入滑道。彭罗德落在了萨姆的身上。

先是阁楼上传来各种凄惨的声音,接着通往阁楼的楼梯上仿佛有火山爆发一般。紧随其后的是一阵凄厉的哀号和哭泣,那是罗德里克被押上了马车。这之后,一切恢复平静。

　　日落时分,夕阳余晖斜洒在西边的窗户上,映红了斯科菲尔德家书房的墙壁。此刻,这里正在召开一个联合家庭会议,审判员有四个人——斯科菲尔德先生、斯科菲尔德夫人以及塞缪尔的父母威廉姆斯夫妇。威廉姆斯先生大声朗读刚出版的晚报上一段引人注目的文字:

　　"本地著名人士被认为与近期被判绞刑的女性有亲属关系,对此,罗德里克·马格斯沃斯·比兹夫人愤怒地予以否认。但是这段关系被家族里的年轻成员承认了,他的声明也得到小伙伴的证实——"

　　"别念了!"威廉姆斯夫人情绪激动地对她的丈夫说,"都已经读了十几遍了,我们手头上已经有很多麻烦了,没必要再听一遍!"

　　令人有些费解的是,威廉姆斯夫人看起来并没有很烦恼。她似乎很努力地做出一副烦恼的样子。斯科菲尔德夫人也是同样的表情。斯科菲尔德先生也是一样,威廉姆斯先生亦是如此。

　　"她给你打电话的时候说了些什么?"斯科菲尔德夫人一边激动地喘着气,一边问威廉姆斯夫人。

　　"一开始她几乎说不出话来,接着她终于开口,不过她急吼吼地说得太快,我大部分都没听明白,然后——"

　　"她和我说这件事的时候也是这样。"斯科菲尔德夫人点着头说。

　　"我从未见过一个人能这么激动,"威廉姆斯夫人继续说,"实在是给气疯了——"

　　"确实如此,当然也能理解。"斯科菲尔德夫人说。

　　"那是当然。她说彭罗德和萨姆怂恿诱导罗德里克离开家,一般情况下,他是不被允许走出家门的,除非是有家庭教师或是仆人陪同。她还说,是彭罗德和萨姆告诉罗德里克那个可怕的人是他的姨妈——"

"你说萨姆和彭罗德究竟是怎么想到这个鬼点子的!"斯科菲尔德夫人大声感叹,"肯定是为了他们所谓的'展览'编造出来的。黛拉说一整天都有人群进进出出。这些本不应该发生的,可是不巧,今天正好是我和玛格丽特固定的每月去乡下探望莎拉姑太的日子,我真是做梦都没想到——"

"她还说了一些我认为不是很得体的话。"威廉姆斯夫人打断说道,"当然啦,我们也能理解她为何如此激动愤怒,但我还是认为她这样说是非常没有教养的,她可是教养的典范啊。她说罗德里克从不被允许和——和庸俗的男孩子来往——"

"她是指萨姆和彭罗德。"斯科菲尔德夫人说,"是的,她也是这么对我说的。"

"她还说,最可怕的事情是,"威廉姆斯夫人继续说,"虽然她将起诉报社,但是很多人还是会一直相信这个故事,并且——"

"是的,我猜他们会的。"斯科菲尔德夫人沉思着说,"当然,你,我,还有所有真正了解比兹和马格斯沃斯家族的人都明白这是十分荒唐的。但还是有很多人愿意去相信,无论马格斯沃斯家的人说什么。"

"会有成百上千的人相信!"威廉姆斯夫人说,"恐怕这对他们来说是一个沉重的打击。"

"恐怕确实是这样的,"斯科菲尔德夫人柔声说道,"一个非常非常大的打击。"

"那么,"威廉姆斯夫人若有所思地顿了顿,接着说道,"还有一件事要做,我想最好现在就做起来。"

她看了看两位男士。

"当然。"斯科菲尔德先生表示同意,"不过,他们现在在哪儿?"

"你们去马厩找过了吗?"斯科菲尔德夫人问。

"找过了,他们可能已经去了遥远的西部。"

"有没有到锯木屑箱子里看看?"

"没有。"

"那他们肯定就在那儿。"

就这样,在这个暮色刚刚降临的傍晚,两位父亲朝着那个现如今有着某种历史意义的马厩走去,他们要做一件事,也是目前唯一要做的事情。他们进入了储物室。

"彭罗德!"斯科菲尔德先生喊道。

"萨姆!"威廉姆斯先生喊道。

暮色依旧,没有任何声音打破它的平静。

他们从车库里搬来梯子,斯科菲尔德先生通过梯子爬到装着锯木屑箱子的顶端。他朝箱子里望去,只见三个身影静静地坐在箱子里,一声不吭,斯科菲尔德先生模模糊糊地辨认出他们的身体轮廓,第三个是一只小狗。

听到命令之后,两个男孩站起身来,带着公爵,跟在斯科菲尔德先生后面从梯子上下来,然后分别站在自己的父亲面前。两位父亲挑着眉毛,弯着腰,凶巴巴地看着他们,而他们也是一副垂头丧气的表情,两个人脸上还画着小胡子。彭罗德和萨姆在等待判决。

这是每个男孩子都会有的经历:他永远不知道自己做的哪件事情,到后来会变成一桩罪过。

而惩罚和宽恕也是如此相似,总是让人猜不透。

威廉姆斯先生揪着自己儿子的耳朵。

"快给我回家去!"他命令道。

萨姆头也没回地走了,他的父亲凶巴巴地跟在这个小小的身影后面。

"你会打我吗?"只剩下彭罗德和父亲单独在一起,他怯生生地颤抖着问道。

"去水龙头那儿洗把脸。"父亲严厉地说。

十五分钟后,彭罗德急急忙忙地走进两个街区外的小店,在苏打汽水柜台前,他惊讶地看到了一个熟悉的身影。

"嗨,彭罗德。"萨姆说,"想来些汽水吗?一起吧。我爸没打我,什么都没做,还给了我一枚二十五美分的硬币。"

"我爸也是如此。"彭罗德说。

第十八章

音乐

对男孩子来说,少年时期是一生中最漫长的时期。学校里最后一学期的时光对他们来说,不像是十几个星期,更像是几十年。他们慢慢数着日子,仿佛在等待下一个千禧年般漫长。但是日子终将会过去,不管怎样,终于,彭罗德等到了这一天,和小伙伴们一起蹦蹦跳跳地走出沃德第七小学铺满沙砾的院子。大家欢乐地唱着歌,向学校,向老师道别,当然也没忘了看门的凯普斯。

"再见了,老师!再见了,学校!再见了,凯普斯,这个大傻瓜!"

彭罗德唱的声音最大。每一个男孩,到一定年龄都会"开发"自己的声音。彭罗德还没有变声,但是他已经在"开发"了。这下,他的家人还有邻居就不可避免地遭罪了。他的父亲对此有些不能接受,经常引用"夏洛特女士"[①]的名言来感叹抒怀,但其他人的感慨就更加尖酸刻薄了。

悠长的假期让年轻人的整个世界都温暖起来,空气里到处是慵懒的气息。这天早上,天气晴朗,一切都是那么明亮而色彩分明,仿佛童话里才会出现的场景。玛格丽特·斯科菲尔德小姐斜倚在前

[①]夏洛特·勃朗特(1816—1855):英国女作家,其代表作《简·爱》中有一句名言,"人活着就是为了含辛茹苦。"

门门廊的吊床上,这幅景象在一位刚刚升入高中的男生眼里,美丽极了。这位男生仪表堂堂,显然受到了玛格丽特小姐的青睐,此刻正坐在她身旁。男生膝盖上轻轻地放着一把吉他,正准备弹奏——可是却遇到一些困难,因为门廊的地板似乎也想演奏。一阵歌声从他的脚下传来,如此尖锐、响亮,异常刺耳,每个音节都被拖长,透着令人费解的深深眷恋。

  我有大片的土地和自然的力——量
  我愿意放弃所有,只要一个小——时
  让我坐在我——我年迈的母亲的膝——头
  所——以当你年轻的时候请记——住

斯科菲尔德小姐使劲地用脚跺着那唱着歌的地板。
"是彭罗德。"她解释道,"门廊尽头的地板架松了,他从下面爬了进去,爬出来的时候身上全是臭虫。他最近不知是怎么了,总是唱一些难听的歌,我估计是偷跑出去看了电影和歌舞杂耍表演,受到了些影响。"
罗伯特·威廉姆斯先生含情脉脉地看着她,拨动了一下吉他上的琴弦,又向她靠近了些。"但你说过你想我的——"他刚开口说话。"我——"
彭罗德的嗓音淹没了其他任何声音。

  所——以当你年轻的时候请记——住
  你也会面临这样的——一天
  到时候老态龙钟——孤身一人
  所以现在不要嘲笑他们,因——为——

"彭罗德!"斯科菲尔德小姐又一次跺起了脚。

"你确实说过你想我了,"罗伯特·威廉姆斯先生抓住这片刻的安静,急忙说道,"你不是说——"

一支轻快的歌曲又飘了上来。

> 哦,你们谈论着那些迷人的姑娘
> 那些美丽的少女和佳丽
> 但都比不上我在城里遇到的那位小姑娘
> 她艳压群芳
> 她的美远胜过——

玛格丽特站了起来,根据声音她判断出彭罗德在某块地板下面,然后在那块地板上不停地蹦跳。彭罗德被呛得又是咳嗽又是打喷嚏,很快地板下传来他大声呼喊的声音,"赶紧停下!"

"你想把人给呛死吗?"彭罗德厉声问道,他刚从门廊尽头爬出来,眉毛上还粘着蜘蛛网。接着,他活学活用了一句最近刚学到的句子,"你得学着多考虑考虑别人的感受。"

他不情不愿地慢慢地离开门廊,来到房子的阳面,那里有一片温暖的草地。于是他蜷着身子躺在草地上,身边是一脸怅惘的公爵,又一次唱了起来。

> 我以花儿的名字来称呼她,
> 但她的美貌远胜过花儿。
> 她浅浅一笑的样子让我记忆深刻,无法忘怀!
> 往后的岁月中,每当月光柔和明亮,
> 每当夜晚闻到木樨草的芬芳,
> 我都会记起那个——

"彭罗德!"

楼上一扇窗户开着,斯科菲尔德先生出现在窗边,手里拿着一本书。

"快停下,不要唱了!"他命令道,"我今早头疼不去办公室,你就不能让我清净地待在家里吗?别让我听到——我从来没听过这么粗糙的声音!"他激动地向上天感慨一番后,就从窗边离去。彭罗德感觉受到深深的伤害,他走进屋子。不过很快,他的声音又一次传到了前门门廊。这次是在屋里的某个地方,他正在和母亲对话。

"那又怎么样呢?萨姆·威廉姆斯告诉我,他妈妈说过,如果罗伯特真的想和玛格丽特结婚的话,她母亲说她想知道他们究竟想要——"

"砰!"的一声,玛格丽特把门关上了,她认为这样做是最好的。

彭罗德立刻又去把门打开。"我想你是要让全家人都中暑吧。"他责备道,"在这么个大热天里,竟然不让一丝风进屋!"

接着,他执拗地在门口坐下。

所有的严肃的诗歌,无论是用哪种语言写的,都忽略了弟弟这个角色,然而他正是爱情需要经历的巨大考验之一——姐姐的弟弟,是求爱过程中一个自古就有的负担。他才是恋人们的坟墓和真正面临的威胁;他的思想古怪而可怕,他的权限无边无际。只有一个办法可以对付他,而罗伯特,有一个和他同龄的弟弟萨姆,因此也知道这个办法。

罗伯特把全身上下仅有的一美元,给了彭罗德。

彭罗德被彻底收买了。这位新进暴发户起身来到大马路,心中涌动的歌儿一下子喷薄而出。

她的眼里闪烁着爱的光芒,温柔而明亮,
如此甜美,

如此清澈。

堤岸上，月光柔和而明亮，随着溪流静静流淌，

就在那时我向她表达了爱意。

她真是无比纯洁：

"小甜心，不要叹气，

不要呜咽，也不要哭泣。

我会造一座小房子，里面只有你——和我。"

公平地说，不仅仅是彭罗德，比彭罗德年长的男孩子也会出现这样的情况，心中压抑许久的歌声一下子涌了出来。即便是一位九十岁的男人，也随时都有可能突然引吭高歌。一位妻子说不准会在哪天早上听到丈夫的歌声，即使已经金婚五十年，她也不能确定。

听到彭罗德由远及近的歌声，病人们可怜地呻吟起来。当他尖锐的嗓音路过时，那些正在思考的人们开始质疑为什么他要来到这个世上。彭罗德双手插口袋，明亮的脸庞微微上扬，望着六月的天空。他沿着街边走，一路唱着歌，所有听到他歌声的人都对他深恶痛绝。

某天晚上我在

死人的城市里漫步，

我看着周围的一切

到处都是他们寂静的坟墓。

但最让我感动的是——

他来到了此行的终点，一家废品旧货店，那里有一件他朝思暮想、渴望已久的宝贝——一架手风琴，或许某个古文物收藏家会对这架琴有浓厚的兴趣，毫无疑问它几乎是一堆破烂，即使是文物修

复者也无能为力。不过,它还能吐出声音——响亮、奇特、引人注意的声音。它能发出一种饱满的如同小牛叫一般的音调,直击彭罗德的心灵。彭罗德花了二十二美分得到了这件乐器,他很早之前就和旧货店的店主谈好了价格,店主假惺惺地说自己亏了。才不是呢!他是在一条小巷里捡到的这个破琴。

彭罗德找来一根褪了色的绿带子,将手风琴挂在肩膀上,然后开始往家走。但是他并没有选择刚刚来时的路,他这么做并不是出于人道主义,而是为了向玛乔丽·琼斯一展他吟游诗人的风采。他一路上兴高采烈的,不停地进行各种尝试,准备演奏美妙的音乐,忠诚的公爵紧随其后。相比其他年轻的狗,公爵更加能忍受这一切,因为它年纪大了,已经开始有点聋了。

在离琼斯家最近的拐角处,少年转弯的时候突然和玛乔丽打了个照面。这样一个惊喜的相遇让少年一下子停止了演奏,双手也激动地从乐器上滑落下来。

玛乔丽没有戴帽子,灿烂的阳光洒在她琥珀色的鬈发上,她正和她四岁的小弟弟米切尔手牵着手散步。她一身粉红色的打扮——令人难忘的粉红色,搭配着一条宽宽的黑色漆皮腰带,腰带表面因为反光闪闪发亮。好一个美丽的姑娘!可爱的小弟弟一定是受到了神灵的庇佑,才有特权紧紧拉着那只精致的小手。

"你好,玛乔丽。"彭罗德假装漫不经心地打了声招呼。

"你好!"玛乔丽说,出乎意料地热情。她俯下身,慈母般做作地对弟弟说:"米奇,对这位哥哥说'你好'。"她亲和地催促着,并让他扭过身来面对着彭罗德。

"我不要!"米奇说,为了强调自己决绝的态度,还踢了彭罗德一脚。

彭罗德立刻改变了对小弟弟的情感,并沉浸在对他的厌恶之中。与此同时,他浪费掉了宝贵的几秒钟,他本可以利用这些时间来进行一个哲学思考,关于既定法则如何准确无误地以相同的方式永久地有效运转。对此,罗伯特·威廉姆斯肯定很容易明白。

"哦,哦!"玛乔丽大叫着把米奇无比温柔地拉到身后,"莫里斯·利维和他妈妈去了大西洋城。"她随意地聊着天,好像踢人的事情已经结束了。

"这没什么。"彭罗德回答道,眼睛一直不安地盯着米奇,"我知道很多人去过更好的地方,比如说芝加哥之类的。"

他并没有意识到如此贬低大西洋城是有些忘恩负义的,很大程度上来说,正是因为这个度假景点的存在,琼斯小姐此刻才会以如此友好的态度和他说话。

当然,她对手风琴也很好奇。如果说她注意到彭罗德外衣口袋里鼓起的纸包,可能有些古怪,不过那个纸包确实很显眼。老话说得好,"小孩子有时候和大人很像。"

彭罗德拿出了纸包,这是他在来的路上买的,到现在还没有打开,可见他对玛乔丽的用心。纸包里是价值十五美分的糖果,有柠檬糖、大块硬糖、甘草糖棍、桂皮糖,以及在商店里放了很久的巧克力奶油糖。

"想拿什么拿什么。"彭罗德大方地表示。

"啊,彭罗德·斯科菲尔德,"少女完全放下了矜持,惊喜地大叫,"你人真好!"

"哈,这没什么。"他轻飘飘地说,"我最近得了一大笔钱。"

"哪儿得来的?"

"呃——从各处得来的。"他小心翼翼地递给米奇一大块硬糖,后者气呼呼地一把夺过,毫不迟疑地放进嘴里吮吸起来。

"你会拉那个手风琴吗?"玛乔丽嘴里塞了糖,腮帮子鼓鼓的,说话不是很方便。

"你想听吗?"

她点点头，目光温柔而充满期待。

这正是彭罗德此行的目的。他扬起头，如梦似幻地抬起双眼，模仿着他曾经看到的那些真正的音乐家们的动作。接着他拉开手风琴，准备开启一段绝妙的像小牛叫的声音，这也是这个乐器的魅力所在。

但是，把琴拉开引发了一声长长的哀号，并且立刻淹没在另一声哀号之中。

"哇！呜呜哇！哇哇！呜哇哇！"米奇和手风琴一起，厉声尖叫起来。

米奇为了强调他对手风琴的厌恶，突然大张着嘴，那块大硬糖也因此掉了出来，滚进灰尘里。他哭泣着弯下腰，想要把糖捡回来，为了阻止他这么做，玛乔丽急急忙忙地用脚踩住。彭罗德又递给他另外一块大硬糖，但是米奇挥手把糖打落，他还是要之前的那块，因为他已经知道那块是甜的了。

玛乔丽无意中动了一下，米奇逮到机会迅速猛扑到他的那块大硬糖碎片上，他把碎片归拢起来，连同附着物一起放进了嘴里。他的姐姐惊恐地尖叫，立刻跳过去挽救，彭罗德也来帮忙。她让彭罗德把米奇的嘴巴扒开，然后她从里面把糖掏出来。整个过程完成后，彭罗德的右手大拇指被严重咬伤，米奇紧闭双眼，两手握拳，捶胸顿足，呼天抢地，号啕大哭，还踢了彭罗德一脚。

彭罗德把手伸进衣服口袋里，拿出一枚两美分硬币，大大的，圆圆的，还亮闪闪的。

他把硬币递给了米奇。

米奇立刻停止了哭泣，像只哈巴狗一样讨好地看着这位施恩者。

这个世界！

这之后，彭罗德彻底赢得了米奇的赞同，他心满意足地为他的姑娘拉着手风琴,彼此尽兴。他从未如此赢得过她的欢心,她也从未让他如此靠近过自己。他们沿着人行道漫步,吃着糖果,心意相通。很快她也学会了拉手风琴,并且几乎和他拉得一样好。就这样愉快地度过了一个小时,连安茹的好国王雷内①都会羡慕他们的。与此同时,米奇也和公爵交上了朋友,在姐姐和她的情郎之间轻快地跑来跑去,还不时拉拉后者的手,充满喜爱和信任。

中午的哨声并没能打断这美好的时光,直到琼斯夫人再三呼唤玛乔丽和米奇回家吃中饭,这才让彭罗德往回走。

"我想我下午可以再过来。"分别的时候他说道。

"我下午要去巴比·伦丝戴尔家参加聚会。"

彭罗德一脸茫然,她就想看到他这样的反应,满足之后又补充说:"没有男孩子参加。"

他又立刻恢复活力。

"玛乔丽——"

"嗯?"

"你想我参加吗?"

她看上去有些害羞,把头扭了过去。

"玛乔丽·琼斯!"这是从家里面传来的声音,"我要喊你多少遍?"

玛乔丽走开了,把脸藏着不让彭罗德看到。

"你想吗?"彭罗德追问道。

在到达家门口的时候,她迅速转过身来面对着他,然后一口气说道:"你明天早上再过来,我会在拐角处等你,带上你的手风琴!"

接着,她跑回屋里,米奇一直向人行道上的男孩友好地挥舞着小手,直到大门被关上。

---

①雷内一世(1409—1480):安茹公爵,洛林公爵,普罗旺斯伯爵,那不勒斯国王。

第十九章

男孩的天性

彭罗德志得意满地往回走，把自己和公爵当作了一支长长的列队。他制造出足够的声响，单凭声音，真会让人以为是那么回事。当他到家的时候，家里人已经在吃中午饭了，这支游行队伍直到饭厅门前才停下。

"啊，那是什么东西！"斯科菲尔德先生大叫着，双手抱头，十分愤怒，"快停止那个噪音！你唱的歌还不够难听吗？坐下！把那个破玩意拿下来！把那根绿色的绑带从肩上脱下！把这破玩意拿到饭厅外，扔进垃圾桶！你是从哪儿弄来的？"

"爸爸，你说从哪里弄来的什么东西？"彭罗德一边温顺地问，一边把手风琴放在饭厅门外的大厅内。

"就是那个——那个二手货，六角琴。"

"是手风琴。"彭罗德说。他回到饭桌前坐好，玛格丽特和碰巧留下做客的罗伯特的脸正在变红。

"我不管你叫它什么，"斯科菲尔德先生气愤地说，"我要知道你是从哪儿弄来的？"

彭罗德与玛格丽特四目相对，后者的目光里透着紧张的神情。

她轻轻摇了摇头。彭罗德感激地看了威廉姆斯先生一眼。如果此刻有一面镜子让他看到自己的神情，他自己可能也会吓一跳。

因为他暗地里对米奇心存厌恶,而此刻他与米奇如此相似,这一定会让他自己惊恐不已。

"别人给我的。"他轻轻地答道,也因此得到了回报:他的赞助者明显恢复了自然的神态,而玛格丽特也靠向椅背,宠爱地看着自己的弟弟。

"我应该认为这人很乐意这么做喽。"斯科菲尔德先生说,"那人是谁?"

"什么?"彭罗德依然津津有味地吃起了炸龙虾丸。

"那人是谁?"

"爸爸,你说哪个人?"

"就是给你那个破玩意的人!"

"哦,就是一个男人给我的。"

"我问,他到底是谁?"斯科菲尔德先生大吼道。

"那个,我当时正走在路上,那个男人突然走上前来——就在卡尔格特家门口,那边栅栏上的漆大部分都被磨掉了——"

"彭罗德!"父亲的语气极其可怕。

"怎么了?"

"给你六角琴的人到底是谁?"

"我不认识。我当时正走在路上——"

"你之前从来没见过他?"

"没有。我当时就走在——"

"行了。"斯科菲尔德先生站起身来说道,"我想每个家庭都有一个在暗处的敌人,我们家的敌人就是这位。不好意思,我先离开了。"

说完斯科菲尔德先生便气冲冲地离开了,他在大厅里停留了一会儿才走出屋子。午饭后,彭罗德找不到手风琴了,他连父亲的书房也去过了。当时父亲正坐在那里读书,于是问他在找什么,彭罗

117

德解释说他在找一本放错地方的课本。他说他觉得自己应该每天读一点书,即使现在是放假时间。斯科菲尔德先生听完很高兴,于是也站起身来一起找,很轻松地找到了那本算术书——不过,他并不知道,很快他需要花同样的价钱再买一本了。

彭罗德离开书房,来到后院,在那里他小心谨慎地四下环顾,确定无人之后,打开蓄水池的铁盖,然后把算术书丢了进去。水花溅起的声音听得他心旷神怡。这下可就放心了,下次他再假装找这本书的时候,肯定没人能帮他找到了。他把铁盖放回原处,闷闷不乐地走在大马路上,向公爵扔着小石子,来阻止它跟上来,有些石子没扔到它,有些却是实实在在地打到它了。

远处黄铜号角的吹奏声和鼓点的跳动声,伴着舒适宜人的微风传到了彭罗德耳里,让他想到那个欢乐的世界——巴齐波特犬马杂耍表演正在市郊举行,离这儿不远。于是,他朝那个方向走去,他的巨额资金在口袋里烧得难受。他已经花了二十二分钱买了手风琴,又花了十五分钱买了糖果;为了拉拢米奇,又给了他两分钱;这样他还剩下六十一分钱——对他来说这是一笔极不寻常的可观的财富。

一来到热闹非凡的犬马表演盛会现场,彭罗德的注意力就被帐篷周围那些色彩鲜明的小摊贩给吸引住了。小商贩的吆喝声不绝于耳,有卖花生的,有卖爆米花的,还有卖玩具气球的。演出尚未开始,乐队正演奏着震耳欲聋的音乐来招揽更多观众,帐篷内传来小孩子激动的呼喊声,还有狗叫声,彭罗德听着这些声音心潮澎湃,热血沸腾。但是,他并没有把他的钱一下子挥霍光,而是先谨慎地花了一分钱买了一根大得离奇的泡菜,这是从一位上了年纪的黑人老婆婆那里买来的,非常划算。在隔壁摊位,他买了一杯山莓柠檬汁,他一边喝着果汁,一边吃着泡菜,最后两者都下了肚,一点儿没剩。

接着,他走进了一个小饭棚,花了五分钱得到一把叉子和一盒沙丁鱼罐头,罐头之前已经被打开,但还剩下一大半。他把沙丁鱼吃得干干净净,把罐头和叉子留下了。这之后,他从一个露天摊位上买了半品脱廉价的苹果酒,酒水温温的,着实痛饮了一番。他手握酒杯,感受到一股暖流从身体深处各个活动中心袭上皮肤表面,他停下来,喘了口气。与此同时,卖西瓜的男子凉爽清甜的吆喝声又传到他的耳中,十分诱人:

"冰西瓜,冰西瓜,大片冰西瓜,熟透的红彤彤的冰西瓜,水分充足,世间罕见,手工切的最大片的西瓜! 快来买我们的冰西瓜吧!"

彭罗德饮尽最后一滴苹果酒,响应了卖西瓜的美味召唤,买了西瓜。客观上来说,确实是一大片,厚度差不多一英寸以上。啃完了西瓜,扔掉不能吃的瓜皮,他离开了卖西瓜的摊位。接着,他买了一包花生,又花了十分钱买了演出门票,现在口袋里还剩下一枚热乎乎的二十五美分硬币。不过,在演出帐篷内的一个摊位前,他又成功地破开了这枚硬币,换来一个巨大的方形盒子,里面装着爆米花,还有二十美分找零。装爆米花的盒子实在太大了,他无法装进口袋。于是,他坐在一群眼巴巴的波兰小孩中间,把盒子放在膝盖上,一边欣赏演出,一边悠闲自得地吞食盒子里的东西。爆米花上浇了一层厚厚的没有完全融化的糖浆,彭罗德一口花生配上一个糖浆块,直到花生全部吃完。这之后,他吃得也没那么香了,直到演出结束,他才把最后一口吃完。

他跟着人群散场,步伐有些沉重。他买了一个会叫的玩具气球,但并没有很大的热情去摆弄它。刚从出口出来,他就发现有一个卖热华夫饼的摊位,之前竟然没注意到,一种责任感又驱使他吃了三块洒满了厚厚糖粉的华夫饼,这是卖家特意根据他的要求为他做的。

华夫饼其实也没有期待中的那么好吃,但在他的嘴里留下了火热的味道。让他略感安慰的是旁边就有一个卖廉价冰淇淋的小车,里面装着一块一块的砖形夹层冰淇淋。他以为冰淇淋能给他带来清凉的感觉,但不知为何,预期的效果没有实现,嗓子里还留下了一股奇怪的味道。

他走开了,已经懒得吹手中的气球,路过一个卖新鲜太妃糖的铺子的时候,也表现出了异常的冷漠。一个光着膀子的男子正在用一个钩子摆弄着太妃糖,把一大团白色糖浆拉到一个理想的"糖"的状态,但是彭罗德没有停留观看这个过程。实际上,在路过的时候,他刻意把目光移开了。他的眼神有些呆滞,并没有分析自己这样做的动机:他只是单纯地意识到自己不太愿意看到那团太妃糖。

因为某种原因,他刻意拉开了自己与太妃糖铺子的距离。但没过多久,他又在一个红脸大叔的摊位前停下了脚步,男子正挥舞着一根长长的叉子在一个小炉子上拨弄着,嘴里开心地吆喝着:"香肠!这里有你想要的热乎乎的香肠!热香肠!大脑疲惫来一根,肠胃虚弱来一根,工作劳累来一根!这里有你想要的热乎乎的香肠,五分钱三根,只要半毛钱,相当于一块钱的二十分之一!"

在所有人间美味中,这种香肠是彭罗德·斯科菲尔德的最爱。但他现在并没有胃口去吃——偏偏事与愿违!不过,记忆是一个伟大的催眠师,所以此刻彭罗德的大脑正在与他的内脏抗争,这是一个难得就在手边的好机会:香肠是家里长辈严格禁止吃的。此外,口袋里还剩五分钱,他的天性也反对这五分钱的幸存。再加上红脸大叔一直声称这个香肠可以滋养虚弱的肠胃。

彭罗德把五分钱放到了红脸大叔红彤彤的手里。

红脸大叔热情地递上三根油乎乎、雪茄形状的香肠。彭罗德吃了两根,咬下第一口的时候他就知道自己犯了一个错误。这些香肠的味道差极了,实际上就是很难吃。但是他觉得有必要隐藏自己的厌恶之情,以免冒犯了那位红脸大叔。他不急不忙地吃着香肠——事实上是吃得非常慢。他开始觉得红脸大叔可能讨厌他,因为自己挡了他的生意。也许彭罗德此刻有些头脑不清楚,因为他没意识到,其实没有哪条法律强迫他必须要待在红脸大叔眼皮子底下吃香肠。但当他准备咬第三根香肠的时候,一阵强烈的恶心激发他想出了一个可以暂时不吃的借口。

"太好吃了。"彭罗德虚弱地轻声说,颤抖着手把香肠放到外套口袋里,"我要留着回家,晚——晚饭后再吃。"

说着他便慢吞吞地离开了,他真希望自己没有想到晚饭。路边有个演出,之前没发现,现在才看到,但这也没能引起他的兴趣。他盯着海报看了好一会儿,目光呆滞,一点也没被吸引。这幅巨大的帆布海报上的色彩经过风吹日晒,已经起不到传达意义的作用。过了一会儿,海报上的内容在他的意识里才一点点鲜明起来,好像是说演出帐篷里有一个绿色的人,以吃爬虫类动物为生。

彭罗德突然决定,他该回家了。

第二十章
天使们的弟弟

"真的,医生。"那天晚上八点刚过,斯科菲尔德夫人情绪激动,深信不疑地说,"我要永远相信芥末膏药——芥末膏药和热水袋。要不是这两样东西,我不相信他能撑到您过来——我不相信!"

"玛格丽特!"斯科菲尔德先生喊道,他正在一间门开着的卧室里,"玛格丽特,你把芳香剂放哪儿了?玛格丽特人呢?"

他只好自己去找那瓶芳香剂了,因为玛格丽特并不在屋子里。她正站在街角的一棵枫树树阴下,手里拿着一个吉他盒,一个轻快的身影正在向她靠近,她焦急地等待着。街角的弧形路灯在摇摆,映射出那个身影正是她在等的人。他径直向门口走去,没有看到她,她轻声叫住了他。

"鲍勃(罗伯特昵称)!"

罗伯特·威廉姆斯先生急忙转身。"你怎么在这儿,玛格丽特!"

"拿着,这是你的吉他。"她急急忙忙地轻声说,"我怕爸爸不小心发现,会把它砸成碎片!"

"为什么?"罗伯特一脸震惊。

"因为他肯定知道这是你的。"

"不过——"

"哦,鲍勃。"她悲叹道,"我等在这里就是想告诉你,我真怕你企图直接进门去——"

"企图!"这位不幸的年轻人大叫道,他惊呆了,"企图直接进——"

"是的,在我向你发出警告之前。我一直等在这儿想要告诉你,鲍勃,你不要靠近我们家的房子,如果我是你,我连这附近也会——离得远远的!我认为这段时间不安全——"

"玛格丽特,请你告诉我——"

"都是因为你今早给彭罗德的一块钱。"她堵住他的话,"首先,他买了那个可怕的手风琴,爸爸非常生气——"

"但彭罗德并没有说是我——"

"哦,别急!"她伤心地大叫,"听着!他吃中饭的时候确实没有说,但是快到晚饭的时候,他回来了,整个人——天哪!我之前也见过脸色苍白的人,但从没见过像彭罗德这样的。除非亲眼看到,否则你简直无法想象!他看起来非常奇怪,而且脸上不停地出现各种不自然的表情,一开始他说他是吃了一小片苹果,一定是苹果上有细菌。但是后来他病得越来越严重,我们把他扶上床——那时候我们全家都认为他快要死了——当然,一小片苹果肯定不会让他变成这样——他的情况越来越糟糕,然后他说他曾经得到过一块钱。他说他把钱花了,买了手风琴、西瓜、巧克力奶油糖、甘草糖棍、柠檬糖、花生、大块硬糖,还有沙丁鱼、山莓柠檬汁、泡菜、爆米花、冰淇淋,还有苹果酒以及香肠——他衣服口袋里还有一根香肠,妈妈说那件外套算是毁了——还有桂皮糖,以及华夫饼——他中午还吃了五六个炸龙虾丸——于是爸爸就问:'是谁给你那一块钱的?'如果他没说是'谁'就好了——但他说了一个可怕的词,鲍勃!彭罗德以为自己快死了,于是他说钱是你给的。哦!听听那可怜的孩子说的话,真是让人心碎。鲍勃,因为他以为自己快死了,你可以理解,他

123

把一切都怪到你身上。他说如果你当时就让他一个人待在那儿,没有给他一块钱,他本可以长大成为一个好人,可是他现在做不到了!我从未听过这么让人心碎的话——他太虚弱了,连轻声说话都困难,可是他依然在不停地说,一遍又一遍地告诉我们都是你的错。"

黑暗之中无法看清威廉姆斯先生的面部表情,但是他的声音里依然充满希望。

"那他——那他现在仍然很痛苦吗?"

"他们说最危险的时候已经过去,"玛格丽特说,"但是医生还在楼上。他说这是他整个行医生涯中遇到过的最严重的消化不良。"

"我当然不知道他会拿那一块钱干什么。"罗伯特说。

她没有回答。

他开始有些绝望,"玛格丽特,你不会——"

"我从未见过爸爸妈妈因为什么事情如此心烦。"她很郑重地说。

"你是说他们因为我心烦?"

"我们都很心烦。"玛格丽特回答道,语气更加生硬。因为想着彭罗德遭的罪,又想着自己曾经发誓要履行的一个责任。

"玛格丽特!你不会——"

"罗伯特,"她态度坚决地说,淡定且不失理智,"罗伯特,目前我只能以这样的方式来看待这件事:当你把钱给彭罗德的时候,你是把一件武器交给了一个不具备思考能力的小孩子,这也确实差点毁了他。男孩子没有——"

"可你看着我给他一块钱,你也没有——"

"罗伯特!"她堵住他的话,语气更加严厉,"我只是个女人,不习惯在事情发生的时候考虑一切,但我不会改变我的想法,至少现在不会。"

"你觉得我今晚最好不要去你家?"

"今晚!"她倒吸一口气,"最近几个星期都不行!爸爸会——"

"但是玛格丽特,"他伤心地哀求道,"你怎么能责怪我——"

"我并没有用'责怪'这个词。"她打断了他,"但我还是坚持认为,因为你的粗心大意造成了——造成了这样一个严重的后果——也降低了我对你判断力的信心。我无法改变我对这件事情的看法——至少今晚不能——我也不能再在这里停留。可怜的弟弟可能需要我。罗伯特,晚安。"

她冷酷地离开,走进屋子回到病房里去了。留下这个年轻人在黑暗中思考自己的罪行——还有彭罗德。

这位病得不轻的家伙第三天就开始恢复了。一周之后,他找到一个机会独自溜出了门,虽然还是有公爵跟着,但他终于出来了。他兴高采烈地向琼斯家走去,并为自己苍白的气色,凹陷的双颊,以及其他一些因为生病带来的好处而感到开心,他觉得这些都能引起别人的注意。

有一个想法让他觉得有些不爽,因为他觉得自己比情敌弱。虽然他并不愿意承认,但他相信,莫里斯·利维肯定能成功消化巧克力奶油糖、甘草糖棒、柠檬糖、大硬糖、花生、华夫饼、炸龙虾丸、沙丁鱼、桂皮糖、西瓜、泡菜、爆米花、冰淇淋、香肠,再加上山莓柠檬汁和苹果酒。彭罗德相信莫里斯可以做到,并且相信他吃了这些之后还能正常地处理公务,或是进行娱乐活动,不会有一点不舒服的感觉。这对一个体格一直很强壮的人来说,是一个非常合理的推测。作为一个消化系统极其良好的人,莫里斯·利维一定能让波吉亚[①]下毒的计划泡汤。

幸好,莫里斯还在大西洋城。此刻,这位正在恢复中的小病人

[①] 波吉亚家族是15、16世纪西班牙裔意大利贵族,因财富、阴谋、毒杀等臭名昭著,传说有家传秘方毒药"坎特雷拉"。

心脏"怦怦"跳了起来。他看到不远处的玛乔丽正在向他走来。她穿着粉色的裙子,撑着珊瑚色的小阳伞,而且是一个人!这次没有米奇跟着。

彭罗德刻意让脚步声显得更加虚弱,还不时地靠在栅栏上,仿佛在寻找支撑。

"你好,玛乔丽。"当她走到近处时,他用一种极其病恹恹的声音向她打招呼。

让他难过而震惊的是,她继续走她的路,冷冰冰的鼻子挺得老高。

她假装不认识他。

他收起了那副病恹恹的样子,急急忙忙追着她。

"玛乔丽!"他乞求道,"怎么了?你疯了吗?和你说实话吧,那天你说你第二天早上还会再来,你说你会在街角,可是我生病了。真的是实话,我病得很严重,玛乔丽!医生都来我们家了——"

"医生!"她回头看着他,双眼里燃着怒火。

"我们家医生来得已经够频繁的了,多亏了你,彭罗德·斯科菲尔德先生。爸爸说你是连下雨都不知道要躲的无知傻瓜,可怜的小米奇被你害惨了——"

"什么?"

"是的,他到现在还躺在床上呢!"玛乔丽火冒三丈,"爸爸还说,要是他在附近抓到你——"

"我对米奇做什么了?"彭罗德屏住气。

"你对米奇做了什么你自己清楚得很!"她大叫,"你给了他一个大大的肮脏的两分钱硬币!"

"是的,怎么了?"

"米奇把它吞了下去!"

"什么!"

"爸爸说,只要让他在这附近看到你,他就——"

彭罗德没听完,已经奔跑在回家的路上。

他内心愤懑,对造物者越发不满。彭罗德想,当造物者创造出漂亮的女孩儿时,为什么还要给她们再添个弟弟!

第二十一章

鲁佩·柯林斯

这之后的几天,彭罗德一直在想,长大以后要当一个修道士,并且做了几件好事,包括把几只差点被淹死的小猫咪和玛格丽特的一双旧舞鞋,送给住在小巷子棚户里的穷苦老头。不过,罗伯特·威廉姆斯先生隔了不久,好像什么事情都没发生一样,又开始把吉他留在前门门廊。彭罗德还不知道如何揣测一位父亲的情绪,所以一直和琼斯家保持淡淡的距离。对待自己的家人,他举止温和,骄傲而有些悲伤,但持续时间不长。然而,就在这周快要结束的时候,却突然产生了一些变化。

变化的起因来自公爵。

公爵能把一只比它大很多的狗赶出斯科菲尔德家的院子,并且追出去很远。一方面这展示了公爵不同寻常的勇猛,另一方面也说明了那些被它赶跑的大狗很懦弱。然而事实并非如此。所有的入侵者之所以会仓皇逃窜仅仅是因为迷信。狗甚至比小男孩更迷信。最深信不疑的一条就是任何一只狗,即使它是世界上最小最弱的,它也能够把任何入侵者给赶跑。

一只小型的捕鼠犬相信,在自家领地它可以赶跑一头大象。同样地,一只远离家园的大狗来到一只小狗的地盘附近,肯定也会逃走。否则,这就不是一只正常的大狗。只要是狗都有这样的迷信。

狗喜欢打架，但是它们也深信有时候逃跑是合情合理的。当面相学家看到一只大狗逃离一只小狗的地盘，肯定会观察到那只大狗的表情，更多的是认真尽责，而不是惊恐害怕：这样的表情就像一个人在完成自己应尽的职责。

彭罗德完全明白这些道理。他知道被公爵一路追到巷子里的那只棕色的精瘦的猎犬，只是为了遵从惯例才逃离的。猎犬的主人是一位十二三岁的陌生男孩，有着胖乎乎的脸蛋，正在附近溜达。彭罗德忍不住向猎犬的主人夸耀了公爵一番。

"你最好快点把你那条老黄狗给牵回去。"彭罗德爬上栅栏，凶巴巴地说道，"在我把我的狗牵回去前你最好看好你的狗，公爵已经吃掉几只我非常讨厌的斗牛犬了。"

胖脸男孩怀疑地盯着彭罗德。"你最好让它别那么做，"他说，"否则它会生病的。"

"为什么？"

陌生的男孩儿肆无忌惮地笑起来，看着自己的猎犬。此刻猎犬已经停下，淡定地蹲坐一旁，一副怜悯的样子，居高临下地看着有所缓和的公爵，后者的攻击和叫声已经越来越敷衍了。

"为什么公爵会生病？"彭罗德问道。

"因为它吃了人们丢弃的已经死了的斗牛犬。"

这句话不是即兴创作，是一种套路，但是，这对彭罗德来说很是新颖。他完全被吸引，以至于忘记了之前的冲突和怒火，反而钦佩和赞叹起来。他把这句话收藏到记忆里，方便以后用于某个养狗的朋友身上。接着，他友好地寒暄起来：

"你的狗叫什么名字？"

"达恩。你最好看住你的老狗，因为达恩吃活狗。"

不过，达恩的动作却没有证实它主人的言论。因为公爵停止了喊叫，达恩便站了起来，非常礼貌地表现出想要结交公爵的兴趣。

达恩如此有礼貌,很明显公爵也开始喜欢它了,全然忘记了之前的那些偏见。此刻,两只小狗友善地跑回各自主人身边坐下,气氛祥和淡定,仿佛彼此已经认识很多年。

主人们对它们的回归并没有做出评论,两个男孩子只是若有所思地看着它们好一会儿,还是彭罗德先开了口。

"你在第几学校?"

"我?我在第几学校?"陌生的男孩儿轻蔑地说,"我在放假,哪个学校都不去!"

"我的意思是不放假的时候。"

"第三。"胖脸男孩回答说,"在那个学校,所有人都怕我。"

"怕什么?"彭罗德天真地问道。对于他来说,"第三学校"在城市遥远的另一端——那是一片未经探索的区域。

"怕什么?如果有一天你去了那个学校,你就知道怕什么了。你能活着从那里出来就算幸运的了。"

"那里的老师严厉吗?"

男孩轻蔑地皱了皱眉。"老师?哈哈,告诉你吧,老师们从来不能把我怎么样!他们对鲁佩·柯林斯都是小心翼翼的。"

"鲁佩·柯林斯是谁?"

"他是谁?"胖脸男孩重复道,他有些不相信,"我说,你难道不明白吗?"

"什么?"

"我说,你就不能自己想明白吗?"

"好,好。"这是彭罗德的回答,正如他看这位不一般的陌生男孩的眼神一样,温顺而讨好,"我猜鲁佩·柯林斯是你们学校的校长。"

对方嘲弄般地大笑起来,模仿着彭罗德的举止和声音。"'我猜鲁佩·柯林斯是你们学校的校长!'"说罢又一次粗暴地笑起来,然后表现出一副恶狠狠的样子,"我说,你小子怎么蠢得就像不知道下雨天要躲进屋里一样？你是怎么回事？"

"那个，"彭罗德怯生生地争辩道，"从来没人告诉过我鲁佩·柯林斯是谁，那我可以认为他是校长，不是吗？"

胖脸男孩不耐烦地摇了摇头。"老实说，你真让我觉得恶心！"

彭罗德有些绝望。"好吧，那他是谁？"他大声问道。

"'他是谁？'"对方又一次学着他说话，语气里尽是轻蔑和鄙视。"'他是谁？'是我！"

"哦！"彭罗德感到丢脸，却又觉得轻松：他觉得自己刚刚实在是蠢到家了，但还好已经渡过了一个难关，"那么，我猜鲁佩·柯林斯是你的名字。哈，其实我已经想到了，早就想到了。"

胖脸男孩看上去依然很愤怒的样子，他用一种令人讨厌的假嗓子模仿彭罗德说话。"'那么，我猜鲁佩·柯林斯是你的名字。'哦，你'其实已经想到了，早就想到了'是吗？"突然间，他把脸逼近彭罗德不到一英寸，"是的，小子，我就是鲁佩·柯林斯，我在场的时候你说话最好注意点，否则有你好看的！知道了吗？小子？"

彭罗德受到了恐吓，却感到有些着迷：他觉得这个新来的家伙身上有一股子危险的冲动劲儿。

"知道了。"他往后退了几步，"我叫彭罗德·斯科菲尔德。"

"我想你父亲和母亲也都没什么品位。"柯林斯先生立刻冒出一句，这也是一种套路。

"为什么这么说？"

"因为如果他们有品位，就会给你取个好名字！"说着这位年轻人立刻又因为自己的机智而得意地大笑起来，然后他突然指着彭罗德的右手。

"你手指上的疙瘩哪来的？"他厉声问道。

"哪根手指？"彭罗德一脸困惑地问道，并伸出了手。

"中间那根。"

"哪里?"彭罗德天真地把手伸过来给他检查。

"这里!"鲁佩·柯林斯大叫一声,紧紧地抓住那根手指,并使劲地拧着。手指上并没有什么疙瘩。

"放手!"彭罗德痛苦地大叫,"快放手——手!"

"求饶吧!"鲁佩命令道,并继续拧着那根不幸的手指,直到彭罗德弯下了膝盖。

"嗷——嗷!"受害者终于获得释放,他痛苦地看着那根依然作痛的手指。

就在这时候,鲁佩的表情从轻蔑变成了一种悔恨。"好吧,我认错!"他懊恼地大声说道,"我之前没想到会疼,为了公平,现在轮到你来拧我的手。"

他伸出自己的左手中指,彭罗德一下子抓住,但是没能拧得动,因为他立刻被牵住,并且背对着这位新朋友转了个圈:鲁佩的右手掐着彭罗德的细长的后颈,他的膝盖顶着彭罗德后背的一小块。

"嗷——嗷!"彭罗德不由得身体前倾,又一次跪了下来。

"把地上的灰尘给舔了。"鲁佩命令道,并用力将俘虏的脸逼近地面,彭罗德苦不堪言,只得遵命。

柯林斯先生大声嘲笑,以此表达自己的满意之情。

"如果某天你去了第三学校,你肯定受到全校的嘲笑!"他说,"你肯定在课间休息结束前就跑回家,哭喊着'妈妈,妈妈'!"

"不,我不会。"彭罗德弱弱地抗议道,掸了掸膝盖上的灰。

"你一定会的!"

"不,我不——"

"看这儿,"胖脸男孩阴森森地说道,"你什么意思,想和我作对吗?"

他向前一步,彭罗德匆忙辩解。

"我的意思是,我不认为我会。我——"

"你最好小心点!"鲁佩又靠近了些,出其不意地再一次抓住彭罗德的后颈,"快说,'我会跑回家,哭喊着'妈妈——妈妈'!"

"嗷——嗷!我会跑回家,哭喊着'妈妈——妈妈'。"

"这就对了!"鲁佩说着又掐了掐彭罗德软弱无力的后颈,"我们在第三学校就是这么做的。"

彭罗德揉了揉颈子,谦恭地问道:

"你能这样对待第三学校里的任何男孩吗?"

"要不要来见识一下?"鲁佩说,语气中透着一种忍无可忍的暴躁,"你说我能不能做到!你最好快点说,否则——"

"我知道你能,"彭罗德赶紧插上一句,然后可怜巴巴地假装笑了笑,"我只是说着玩的。"

"说着'玩'?!"鲁佩怒不可遏地重复了一遍,"你最好注意你的——"

"那个,我说了我不是认真的!"彭罗德往后退了几步,"我知道你做得到,一直都知道。我想我也能这样对付第三学校的几个男孩子,不是吗?"

"不,你做不到。"

"那个,那里肯定有几个男孩子我是可以——"

"不,没有!你最好——"

"好吧,那我就不指望了。"彭罗德赶紧说。

"你最好别'指望',我难道没告诉过你,如果你出现在第三学校附近,就别想活着回来了吗?你难道想让我给你展示一下我们在那儿都是怎么做的吗,小子?"

他凶巴巴地向彭罗德慢慢靠近,彭罗德怯生生地转移了话题:

"那个,鲁佩,我们家马厩里有一盒老鼠,用玻璃盖着,如果你敲打盒子,你可以看到它们上蹿下跳。来吧,我拿给你看看。"

"好啊,"胖脸男孩说道,语气有所缓和,"让达恩解决了它们。"

133

"不要啊,先生！我想留着它们。它们像宠物一样,我已经养了一夏天了,还给它们各自取了名字,而且——"

"看这儿,小子。你没听见我说让达恩解决它们吗?"

"听到了,但是我不想——"

"什么叫你不想?"鲁佩立刻变得凶恶起来,"在我看来,你还是不太懂这儿的规矩啊。"

"那个,我不想——"

柯林斯先生又一次上演了一出可怕的眼对眼的怒视,这在"第三学校"很常见,有时候舞台上年轻的男主角也会这样。他恶狠狠地眉头一蹙,下唇噘到前面,让自己的鼻子碰到彭罗德的鼻子,后者的两个眼珠子自然而然地对在了一起。

"让达恩解决那些老鼠,知道了吗?"胖脸男孩凶巴巴地说,保持着可怕的架势。

"那个,好啊。"彭罗德说道,咽了咽口水,"我也没那么想要它们了。"当对方姿势放松之后,彭罗德盯着他这位新朋友看了一会儿,充满敬畏和崇拜。接着他又兴高采烈起来。

"来吧,鲁佩!"他热情地叫唤着,爬上了栅栏,"给我们的狗尝点儿鲜!"

第二十二章

模仿者

那天晚上吃饭的时候,彭罗德的言语让家里人都震惊了。他们从来没听过彭罗德以这种语气和他们说话——一种刻意为之的粗鲁,仿佛自己说的就是法律一样,不容置疑。

"一个人一个月能挣一百块钱已经很不错了。"

"什么?"斯科菲尔德先生瞪眼看着彭罗德问道,他们刚刚正在谈论一位住在康瑟尔布拉夫斯的亲戚的病情。

"一个人一个月能挣一百块钱已经很不错了。"

"他到底在说些什么?"玛格丽特显然没有听明白。

"那个,"彭罗德皱了皱眉头说道,"在梯子上干活的工头就挣那么多。"

"你怎么会知道的?"母亲问道。

"这个,我就是知道!我告诉你,一个月一百块已经很不错了!"

"那又怎么样?"父亲有些不耐烦地问。

"没什么。我只不过说这是一笔不错的收入。"

斯科菲尔德先生摇了摇头,结束了话题。他其实犯了一个错误:他的儿子在家庭对话中只说了这么一句话,他应该追问下去。这样他们也许就会发现一个叫鲁佩·柯林斯的男孩,他的父亲就是一个在梯子上干活的工头。当一个男孩用一种新的方式发表新的言论的时候,所有的追查线索都很重要。

"'不错的收入'?"玛格丽特重复了一遍,有些好奇,"什么是'不错的收入'?"

彭罗德很不友好地扫了她一眼。"我说,你就不能自己想明白吗?"

"彭罗德!"父亲大声呵斥。母亲则惊慌沮丧地看着自己的儿子:他之前从来没有以这样的语气和姐姐说过话。

如果斯科菲尔德夫人知道这才是一个新纪元的开始,她也许会比现在更加惊慌沮丧。晚饭后,彭罗德背部有些轻微烫伤,那是因为他对厨娘黛拉说,她的右手中指上有个疙瘩。结果表明,拿黛拉来试手是非常不明智的。于是他来到后院找公爵。他深深弯下腰,抓住它的两只前爪。

"我会让你知道,我的名字叫彭罗德·斯科菲尔德!"男孩恶狠狠地说。他凶巴巴地噘着下唇,阴沉着把脸伸出去,直到自己的鼻子碰到狗鼻子。"彭罗德·斯科菲尔德在场的时候你说话最好注意点,否则有你好看的!知道了吗,小子!"

第二天,以及第三天,彭罗德的变化越来越大,家里人不明就里,觉得困惑而苦恼。

他们怎么能想到这是英雄崇拜导致的结果?他们隐隐约约地知道有一个不怎么样的小男孩,不住在附近,来找彭罗德"玩"过几次,但是他们并没有把这个情况和他们儿子在家里的奇怪行为联系起来。用他父亲的话来说,彭罗德最近的理想突然变得和江湖骗子差不多了。

与此同时,对彭罗德自身而言,"生活有了新的意义。"他已经成为一位斗士——至少在对话方面。"你想知道如果有人在身后偷袭我,我会怎么做吗?"他问黛拉。随后他展示了如何用拳头将假想敌打得一败涂地,然而黛拉并没觉得怎么样。

很多次,当他一个人的时候,他会出其不意地突击这个假想敌。他会做个假动作,然后一拳打在对方虚幻的脸上。"看着!我想你下次会长记性了。我们在第三学校就是这么做的!"

有时候,他会一个人自导自演,假装遇到多个敌人,很多人试图从各个方向围攻他,特别是在他起床后的一会儿。他会处于一种劣势,因为穿灯笼裤的时候他需要一只脚站立,然后另一只脚伸进裤筒。他快如闪电,把那条让他陷入危险的裤子扔到一旁,左闪右避,转个圈儿,对围攻他的那些恶魔们拳打脚踢。他房间里的闹钟就是这么弄坏的。在他专注于战斗的时候,叫他吃早饭简直是白费唇舌。不过,如果母亲失去耐心来到他房里,会看到他坐在床上穿袜子。

"哎呀,我不是尽快赶过来了吗?"

在饭桌上或是在家里其他地方,他都表现得很嚣张,盛气凌人地大声说着傻话,不论别人嘲讽他还是责备他,都无济于事。在最亲密的人面前,这种新获得的优越感表现得最明显。住在附近的男孩子的手指都被拧过了,脖子也都被掐过了,他们很生气也很愤怒,但彭罗德却报之以粗鄙刺耳的笑声。这是他在马厩里练习之后学会的。马厩里的割草机、园艺大镰刀,还有独轮手推车——这些面无表情的东西,都是他嘲笑奚落的对象。

同样,他也会向其他男孩子吹嘘,主要内容除了他自己,就是鲁佩·柯林斯。"我们在第三学校就是这么做的!"已经成为彭罗德对于暴力行为的标准解释。他像鞑靼人一样,用想象力把自己塑造成各种角色。有时候他几乎让自己相信,他也是那种凶残的人,就是鲁佩·柯林斯描述的那些"第三学校"的人。

彭罗德不停地吹嘘自己和他这位伟大朋友的英勇事迹,直到他自己都说不下去了。于是他又换了两个吹嘘的对象——他的父亲和公爵。

母亲们必须接受这样的一个事实：从婴儿时期到成年时期，她们的儿子不会夸赞她们。一个男孩子，他与其他男孩子相处的时候，就是一个乔克托族①人；无论是被女性影响还是受到女性的保护，都会被认为是一件丢脸的事情。"你母亲不让你这么做。"这是一句侮辱人的话。但是"我父亲不让我这么做"，这是一个堂堂正正的理由，而且不会被质疑。一个男孩子如果总是谈论自己的母亲和姐妹，他在小伙伴中将失去威信。他必须意识到这一点：他有责任对所有被归为阴性的事物进行迫害，至少表面上得如此，比如说猫和各类家禽。但是他必须优待他的父亲和狗，这两者随时准备着帮他应对挑战者，所以必须被描述成英勇善战、绝不可能被征服的样子。

彭罗德当然也是按照这个套路来说话。在新刺激的作用下，公爵被描述成印第安战斗圣犬和南美洲吸血鬼的后代。虽然公爵经常就坐在他身旁，简直就是活生生的谎言。至于彭罗德的父亲，这位斗士被塑造成为一位身材魁梧、喜怒无常的超级恶魔，这个恶魔身上有着歌利亚②、杰克·约翰逊③以及尼禄④大帝的身影，各占三分之一。

彭罗德甚至连走路的姿势也受到了影响，他趾高气扬大摇大摆地走在路上，遇到其他孩子的时候，挥起拳头假装打他们一下。当受害者躲闪逃避，他就得意扬扬地发出粗鄙刺耳的笑声，可怕的是，他已经熟练掌握如何发出这种笑声，并且能够运用自如了。他对玛乔丽·琼斯也做了同样的事情。哎！这是他们第二次单独会面，与爱神厄洛斯的做法如出一辙。这些年轻人！玛乔丽认为，更糟糕的

---

①乔克托族：北美印第安人。
②歌利亚：《圣经》中被大卫杀死的巨人。
③杰克·约翰逊(1878—1946)：美国拳击运动员。
④尼禄(37—68)：古罗马暴君。

事情是彭罗德把她一人留在街角说个不停,竟然什么都没有解释就走开了,至于她说了什么他早就听不到了。

和鲁佩·柯林斯第一次见面的五天之内,彭罗德的变化已经让人难以忍受。他甚至差点和萨姆·威廉姆斯绝交。萨姆忍受了他的拧手指、掐脖子和新的谈话风格,但最终宣布彭罗德让他"恶心"。那是一个闷热的下午,在斯科菲尔德家的马厩里,当着赫尔曼和威尔曼的面,他非常激动地说着。

"你最好小心点,小子!"彭罗德用威胁的口吻说道,"我会让你知道我们在第三学校是怎么做的。"

"在第三学校!"萨姆轻蔑地重复着,"你从来没去过那儿。"

"我没去过?"彭罗德大叫道,"我没去过?"

"是的,你从没去过!"

"看着点儿!"彭罗德沉着脸,准备施展眼对眼的伎俩,"我什么时候没去过那儿?"

"你从来没去过那儿!"虽然彭罗德的鼻子逐渐逼近,萨姆依然坚持立场,并且向其他人求证,"你说是不是,赫尔曼?"

"我也认为他没去过。"赫尔曼大笑着说。

"什么!"彭罗德立刻把鼻子转向赫尔曼鼻子附近,"小子,你也认为我没去过吗?你想问题的时候最好小心点!明白吗,小子?"

赫尔曼很好地应对了眼对眼的考验,实际上,他似乎觉得很有趣,因为他一直在大笑,而威尔曼也开心地"咯咯"笑。兄弟俩在乡下摘了一星期的浆果,这是他们第一次见到彭罗德的新表现。

"我从来没去过第三学校吗?"彭罗德凶巴巴地问道。

"我认为你没去过。你怎么来问我?"

"你刚刚没听到我说我去过那儿了吗?"

"好吧,"赫尔曼顽皮地说,"不过,耳听为虚!"

彭罗德从后面抓住他的脖子,但是赫尔曼笑得更大声了,他扭头躲闪,避开了彭罗德的控制,退到了墙角。

"收回你刚刚说的话!"彭罗德大喊道,继续疯狂地向他出击。

"别生气嘛。"小黑人哀求道,他抬起双臂抵御扑面而来的一连串拳头,即使这样,他还是乐呵呵的。一记重拳打在他的脸颊上,这让他笑得更张狂了。他觉得彭罗德在逗弄他,他的弟弟威尔曼也开心地在独轮手推车里滚来滚去。彭罗德持续挥拳,直到他自己都觉得累了,但依然没有达到他要的效果。

"看着!"他喘着气,终于停下了挥舞的拳头,"这下我想你应该知道我到底去没去过那儿了吧!"

赫尔曼揉着被打中的脸颊。"哎哟!"他叫道,"哎哟!你那一下打得我好痛!哎哟!好痛!"

"你如果再在这儿停留,会被打得更痛。"彭罗德向他保证,"鲁佩·柯林斯说他下午会过来。我们要用耙子柄做几根警棍。"

"你要毁了你爸刚买回来的新耙子?"

"我们会在乎这些?重要的是我和鲁佩将有警棍了,不是吗?"

"你们怎么制作警棍?"

"在棍子顶端挖个小洞,把铅融化,然后倒进洞里。这样,我们就可以在口袋里装着警棍,如果有人对我们出言不逊——哦,哦!小心点儿!他们准会脑袋开花——哦,不!"

"鲁佩·柯林斯什么时候来?"萨姆·威廉姆斯问道,他有些心神不宁。关于这个人,他已经听说过太多事迹,但一直没能有幸亲眼见到。

"他随时都可能来这里。"彭罗德回答,"你最好小心点儿。如果你待在这儿遇到他,你能活着回去就算幸运的了。"

"我才不怕他呢。"萨姆按照套路,回答道。

"你会怕的!"这句反驳的话有几分真实性,"城里这一带,除了我,没有哪个男孩儿不怕他。你会害怕和他说话。还没等你嘴里蹦出一个词,老练的鲁佩就会抓住你,你会希望自己从来没遇到他,他会一直抓着你不放!你也不想哭喊着'妈妈——妈妈'跑回家去吧!哦,不!"

"谁是鲁佩·柯林斯?"赫尔曼问道。

"'谁是鲁佩·柯林斯?'"彭罗德模仿着重复了一遍,接着又发出了他粗鄙的笑声,但是赫尔曼并没有害怕,反而觉得自己也应该笑一笑,于是就这么做了,威尔曼受到影响也笑了起来。"你在附近多待一会儿,"彭罗德阴险地说,"你就会发现鲁佩·柯林斯是谁了,到时候我会很同情你!"

"他要做什么?"

"你会知道的,就这样!你就等着——"

这时候,一只棕色猎犬从巷子里的后门跑进了马厩,它摇着尾巴和彭罗德打招呼,又和公爵亲昵地玩了起来。胖脸男孩出现在门口,冷酷地注视着马厩里的小群体。黑人小兄弟停止了嬉戏,气氛一下子凝固起来,而萨姆·威廉姆斯则向门边移动了几步。那扇门通往院子。

萨姆觉得这位到访者是个可怕的人物。他比萨姆和彭罗德都高出一个头;和他相比赫尔曼更是矮了一大截,连他的肩膀都不到;至于才九岁的威尔曼,在他面前就是一个矮胖的大黑点,根本不能拿来比较。所以在萨姆看来,柯林斯先生完全印证了彭罗德之前描述的不祥预兆。那张胖乎乎的脸上展现出残暴偏执的表情。这种表情经过精心培养,已经成为一种习惯,几乎无懈可击。萨姆一看到这种表情,立刻心下一沉。这种表情最近经常挂在彭罗德的脸上。

彭罗德摆出主人家的姿态,大摇大摆地走到门边,肩膀也跟着一起大幅度摆动。从威尔曼身边走过的时候,他不经意地假装挥了一掌,制造出一种氛围,仿佛一个人一边等待着一位和他同等地位的人，一边和自己的下属逗着乐。

"你好，小子！"彭罗德用低沉的声音说道。

"叫谁小子呢？"对方一边毫不客气地回答，一边弯曲手肘把彭罗德的脑袋扣在其中，同时用手指关节用力按压他的太阳穴。

"我就是开个玩笑，鲁佩。"受害者求饶说道。一会儿，他被放开了，立刻说道，"萨姆，你过来。"

"干吗？"

彭罗德怜悯地笑了笑。"快点，我不会弄疼你的。过来。"萨姆还是一动不动地站在另一边的门旁，于是彭罗德走了过去，一把抓住他的脖子。

"看我的，鲁佩！"彭罗德大叫道，接着在萨姆身上实施了刚刚他遭受的一系列指关节酷刑。萨姆机械地忍受着，双眼盯着鲁佩·柯林斯看，心里越发不安。萨姆有一个不好的预感，他将要承受某种比彭罗德指关节按压更痛苦的折磨。

"那个不痛。"彭罗德说着，将他推到了一边。

"痛，很痛！"萨姆揉着太阳穴。

"呸！我刚刚就不痛，对吧，鲁佩？来吧，鲁佩，告诉这些毛孩子他们手上有个疙瘩。"

"你之前已经玩过这一套了。"萨姆表示反对，"你已经在我身上来过这一套了。今天下午就试了两次，之前玩过多少次都记不清了，不过第一次之后就没那么厉害了。总之，我已经知道是什么把戏，而且我不会——"

"来吧，鲁佩。"彭罗德说，"让这个毛小子舔舔灰尘。"

鲁佩应声而来，不过萨姆一直在反抗，他退到通往屋外的那扇门的门口，但是彭罗德抓住他的肩膀，大喝一声，把他拽回了屋内。

"毛小子想逃回家找妈妈！我把他抓来了，鲁佩。"

彭罗德背叛了老朋友，他立刻得到了应有的报应。就在他和萨姆两人相互挣扎打闹的时候,鲁佩从后面同时抓住他俩的脖子,一手一个,不偏不倚,强迫两人跪在地上。

"舔地上的灰尘!"他命令道,强迫着两人身体前倾,直到他们的脸贴在了马厩的地板上。

就在这时候,他遭受到一个突然袭击。只听到重重的"咔嚓"声,什么东西打在了他的后脑上,鲁佩转过身来,看到威尔曼手里举着一根板条再次打向他。

"放——开——他——们!"威尔曼说道,如同一个杀手般威武。

"他的舌头不太利索。"赫尔曼解释说,"他是说,放开那两个男孩。"

鲁佩粗鲁地对东道主说:

"把这两个黑鬼赶出去!"

"不许叫我黑鬼。"赫尔曼说,"你放开他们。"

鲁佩大步跨过俯卧在地上的萨姆,踏过彭罗德,凶巴巴地沉下脸来,下巴前伸,把头放低与赫尔曼平行。

"黑鬼,如果你能活着离开这儿算你走运!"接着,他身体前倾,直到鼻子距离赫尔曼的鼻子不到一英尺。

能够感受到,可怕的事情即将发生。彭罗德从地上爬了起来,感受到一种未曾意料到的恐惧和懊悔:他希望鲁佩不要真的去伤害赫尔曼。当他看着鲁佩这个大块头恶狠狠地扑向黑人小男孩的时候,他突然对鲁佩的行为方式感到厌恶。彭罗德突然觉得自己很傻。"来吧,鲁佩。"他无力地建议道,"放了赫尔曼,我们来用耙子柄制作警棍吧。"

就算鲁佩愿意接受这个建议,耙子柄也用不了了。威尔曼放下了板条,拿起了耙子,此刻正高举在半空中。

"你这个可恶的黑鬼!"胖脸男孩恶狠狠地对赫尔曼说,"我要把你给——"

但是他的鼻子靠近赫尔曼的时间太久了。

彭罗德熟悉这只鼻子,但对于刚果食人族的后裔来说,这样近距离的靠近就像在给脊柱挠痒痒。鲁佩瞪着双眼,再加上鼻子似有深意地靠近,结果就完全不一样了。赫尔曼和威尔曼的班加拉族[①]的曾祖父从来没有把丛林里的人作为食物原料,但是陌生人,尤其是不怀好意的陌生人,在他们看来显然是可以吃的。

彭罗德和萨姆听到鲁佩突然乱吼乱叫,看到他扭曲身体,就像在打谷子一样挥舞双臂,但是脸依然在原来的地方。确实,有那么一会儿,两颗脑袋似乎离得更近了。

接着,两颗脑袋分开,战斗开始了!

[①]班加拉族:非洲中部扎伊尔民族之一。

第二十三章
黑人部队在战斗

男孩子或者男人们之间以"激烈古老的英国人的方式"进行一场"激烈精彩的打斗",这种模式早在汤姆·布朗[①]去拉格比上学之前,书中已有记载。所以,对编年史作家来说,记录这样的打斗是一件手到擒来的事情。每场打斗都会坚持几个回合,按照原则,结果总是让人满意的——虽然有时候会有一些意外,比如说坏蛋战胜了英雄——编年史作家们只要按照这个古老套路来描写,一定能够激起大家的"血性",从而获得好评。

虽然对于赫尔曼和威尔曼的参战,记录中只有些只言片语,但已经有足够的暗示表明斯科菲尔德家马厩里的争执,始于对攻击者鼻子的伤害。柯林斯先生大声地表达了他的愤怒,以及遭到袭击之后的疼痛。他往后退了一步,左手捂着鼻子,右手向赫尔曼挥去。就在此时,威尔曼用耙子打中了他。

威尔曼从后面用耙子袭击对方。耙子尖齿朝下,他拼尽全力砸了下去。这是他简单直接的非洲做派。他要尽快杀死敌人,这是他此刻唯一的目的。

[①] 汤姆·布朗:英国小说家托马斯·休斯(1822—1896)半自传体小说《汤姆·布朗的学生时代》中的虚构人物,小说背景设置在英国的一所公立学校——拉格比学校。

正因为如此,鲁佩·柯林斯更加不幸。他虽然胆大好斗,但是杀人从来不在他的野心范围内。他还不明白,一个习惯性好斗的人与仍处在低级进化阶段的人发生冲突,是一件很危险的事。因为对后者而言,他们的攻击方式往往大胆而直接。

耙子从鲁佩的后脑勺滑到他的肩膀,他被打得倒了下来。两个小黑人立刻跳到他身上。三个人扭作一团,在马厩的地板上滚来滚去,伴随着各种声音:有发自心底的咒骂,有对两兄弟残酷的打斗方式的抗议。不过,鲁佩·柯林斯在如此危急关头,也并没有完全按照规矩来。达恩和公爵以为众人在嬉戏打闹,开心地在一旁狂吠助威。

喘气声、撞击声、叫喊声,不绝于耳,时不时蹦出一些彭罗德和萨姆从来没听过的短语。鲁佩粗哑的嗓音反复说到耳朵,毫无疑问,发生了一起重大战役。两名观战者吓呆了,他们退到靠近院子的那扇门,站在那儿静静地看着眼前这场剧烈的战斗,默默无语。

打斗的方式越来越原始,越来越简单:鲁佩一次又一次怒吼着跪立起来,却被认真执着的两兄弟一次又一次给按了下去,他们用自己特殊的方式,让他一次次倒下。原始力量在交锋,两位稍微高级一点的进化产物——萨姆和彭罗德早已脸色苍白,他们从没想过要去干涉,就像他们从没想过去干涉一次地震一样。

最后,威尔曼从打斗中站了起来,脸上挂彩,表情疯狂。他怒目圆睁,寻找他那把可靠的耙子,但是彭罗德因为恐惧,早就把它扔到外面的院子里了。但是,小孩子不会想到,把割草机移走也是很有必要的。

威尔曼疯狂的目光落在割草机上,他立刻跳过去抓住把手。他给割草机充上电,刀片立刻转动了起来,并且发出震耳欲聋的声音,而刀片运行的方向直指鲁佩·柯林斯俯卧的双腿。他是真的想要让割草机从柯林斯先生的身上碾过!死亡之歌正在响起,黑色的瓦尔基里①盘旋在空中,空气里弥漫着凄厉的尖叫声。

"切开他的胸膛!"赫尔曼大声地给转动的刀片呐喊助威。

刀片触碰并划破了鲁佩的小腿,鲁佩仿佛是陷入绝境中的动物,进行最后的挣扎反扑。他忍受着巨大的痛苦,挣脱赫尔曼,站立起来。

赫尔曼也迅速爬了起来。他跳到墙边,抓住挂在那儿的一把园艺大镰刀。

"我要切开你的胸膛!"他明确坚定地说,"吃掉你的内脏!"

鲁佩·柯林斯长这么大,从来没因为害怕谁而逃跑过(他的父亲除外)。他不是一个懦弱胆小的人,但是眼前的情况实在是太不同寻常了。他已经快支撑不住了,但是赫尔曼和威尔曼依然不肯罢休:威尔曼又一次给割草机充上电,准备发起新一轮进攻;赫尔曼舔舐着镰刀,好似地狱的小魔鬼。

有那么一瞬间,鲁佩停了下来。但当他看到兄弟俩的疯狂进攻时,他惨叫一声,冲出马厩,以前所未有的速度在小巷里狂奔。连达恩也要费力追赶才能勉强让主人听得到它的叫声。他在拐角处回头看了一眼,发现威尔曼和赫尔曼依然在奋力追赶。柯林斯先生忍着剧痛加快速度。与此同时,一个坚定的想法在他心中迅速形成——从今往后,他再也不来这儿了,绝不踏进这方圆一英里之内。

彭罗德和萨姆站在通往小巷的侧门边,默默无语地看着鲁佩逃跑。当追赶进行到拐角处的时候,两人脸色苍白,相互望了一眼,但依然没有说话,直到追赶的兄弟俩返回。

赫尔曼和威尔曼回来了,一路得意地大笑。

"嘻嘻!"他们进门后,赫尔曼"咯咯"地笑着对威尔曼说,"那个

---

① 瓦尔基里:北欧神话中奥丁的侍女,引导英灵的死神,或骑着骏马或化作天鹅飞向战场收集阵亡的武士。

坏家伙跑得真快!"

"呼——咿!"威尔曼兴奋地大叫。

"从没见过有谁跑得像他这么快!"赫尔曼继续说,把大镰刀扔进了独轮手推车里,"我打赌他现在已经到家躺在床上了!"

威尔曼开心地呼喊起来,看起来完全没有意识到自己的右眼皮已经肿得睁不开了,而他打架之前就不算整齐的衣服,现在已经无影无踪。他毫无疑问地沦落为无裤党①。赫尔曼也是同样地狼狈不堪,但他们俩对此一点儿都不在乎。

彭罗德怔怔地看看赫尔曼,又看看威尔曼,再看看赫尔曼,如此反复。萨姆·威廉姆斯也是如此。

"赫尔曼,"彭罗德用微弱的声音问,"你不会真的想要切开他的胸膛吧?"

"谁?我吗?我不知道。"赫尔曼郑重地摇了摇头,"不过那真是个可恶的坏家伙!"他看到威尔曼又一次笑得前仰后翻,也和弟弟一起大笑起来。"哈!我想我当时只是随口说说,他连滚带爬地逃走,估计是当真了。嘻嘻!他肯定在想赫尔曼真是个坏家伙!我当然不会那么做啦!我只是说说而已!我不会切开任何人的胸膛!我可不想坐牢——我不会那么做的!"

彭罗德看看大镰刀,又看看赫尔曼。他看看割草机,又看看威尔曼。接着他还看了看扔在院子里的耙子。萨姆·威廉姆斯也是如此。

"来吧,威尔曼。"赫尔曼说,"我们得去准备晚饭用的柴火了。"

兄弟俩"咯咯"地笑着离开了,马厩陷入了一片寂静。彭罗德和萨姆慢慢退回到屋内,两人偶尔看看敞开的空荡荡的门口,心事重重。临近傍晚,阳光越来越红,两人时不时交替着用鞋子摩擦地板,

---

① 无裤党:泛指法国大革命的极端民主派,大部分是贫苦阶级的人或平民百姓的领袖。

依然谁都没有开口说话,他们来到院子里站着,继续保持沉默。

"好了,"萨姆终于开口,"时间差不多了,我想我该回家了。再见,彭罗德!"

"再见,萨姆。"彭罗德有气无力地说。

他郑重地望着朋友离开,直到对方消失在视野中。接着,他慢慢地走回屋内,做了一些特别的事情。最后他来到了书房,手里拿着一双亮闪闪的鞋子。

斯科菲尔德先生正在看晚报,他皱着眉抬起头看着儿子。

"看,爸爸。"彭罗德说,"我发现了你的鞋子,你在换拖鞋的时候把它们留在房间里了,上面全是灰。我把它们拿到后院,擦了黑鞋油。你看它们现在是不是很亮?"

"是的,我真是受宠若惊!"斯科菲尔德先生惊讶地说。

虽然反反复复走了些弯路,彭罗德终于又回到了正轨。

第二十四章
"小绅士"

街角杂货铺旁有一家小理发店。此刻正值仲夏,店外骄阳似火,店内,彭罗德正在为他即将到来的十二岁生日修剪头发。从剪子上落下来的碎发都粘在了他的脸上。对成年人来说,理发并不是一件难受的事情,事实上,理发能让人感到舒适放松;但是,当头发从一个男孩子的头上落到他的眼睛里、耳朵里、鼻子里、嘴巴里,还有脖子里时,他觉得全身都痒痒的。所以他会眨巴眼睛、流眼泪、抽搐身体、收缩五官,身体动来动去,于是理发师的剪子"一不小心"就剪深了一点——可能是耳朵外边。

"哎呀——哇!"彭罗德叫道,果然发生了这事儿。

"我碰到你了吗?"理发师虚情假意地笑问。

"唔——噢!"男孩坐在椅子上口齿不清地发出抗议,虽然伤口已抹了些明矾。

"那不疼!"理发师说,"不过,如果你再不坐老实点儿,你会疼的。"他继续说,试图让顾客认为"疼"的事情还没有发生。

"呸!"彭罗德说。并非出于无礼,而是因为他想摆脱临时落在唇上的头发。

"你应该学学小乔吉·巴西特,他坐得老实多了。"理发师接着说,言语间有些挑剔和责备,"我听说人人都称他是全城最好的男孩。"

"呸！我呸！"这一次是故意的,饱含轻蔑之情。

"我从没听过周围人这样说起过彭罗德·斯科菲尔德。"理发师又补充了一句。

"呵！"彭罗德经过一番努力,终于把嘴里的头发弄干净,"谁稀罕他们那么说？哎哟！"

"我听他们都叫乔吉·巴西特为'小绅士'。"理发师有意刺激彭罗德,效果立竿见影。

"他们最好别那样叫我,"彭罗德恶狠狠地说,"我倒要看看谁敢这么叫。只要叫那么一次,我就让他们好看！我打赌他们绝不敢再——哎哟！"

"为什么？你会把他们怎么样？"

"管我做什么！我打赌他们有生之年绝不会再那样叫我！"

"如果一个小姑娘这样做了呢？你不会打她吧？"

"呵,我会——哎哟！"

"你不会打一个小姑娘吧？"理发师不依不饶,他双手用力从彭罗德头顶揪起一撮头发,受苦的脑袋不自然地歪着,"《圣经》里不是说过吗？打女性永远是不对的。"

"哇！啊,你小心点！"

"所以,你会去揍一个柔弱的小姑娘吗？"理发师责问道。

"那个,谁说我会打小姑娘的？"彭罗德颇有风度地说,"不过,我肯定会让她知道我的厉害,等着瞧吧！"

"你不会咒骂她吧？"

"不,我才不会那样做呢。骂人能有多伤人？"

"是这样吗？"理发师叫道,"这么说,那天我路过你家,听到你对费希尔食品杂货店的送货司机大声叫喊。你并无恶意？我想我最好告诉那位司机。因为事后他告诉我,如果再让他看到你,只要不是在你家院子,他就会对你做出很多你不喜欢的事情!是的,先生,他就是那样对我说的!"

"说那么多有什么用,他先能抓住我再说。"

"好吧。"理发师接着说,"你还没说呢,如果一位小女孩走上前叫你小绅士,你会怎么做?我想听听你打算拿她怎么办。我想我已经知道了!只要想想就能知道。"

"什么?"彭罗德问。

"我猜,你会让你那只可怜的老狗去咬她的猫,如果她有一只猫的话。"理发师嘲讽道。

"不,我才不会那样做呢!"

"那么,你会怎么做?"

"不用你管!"

"好吧,那如果是个小男孩呢?如果他走上前说'你好,小绅士',你会怎么做?"

"他如果能活着回去算他走运。"彭罗德凶巴巴地皱起眉头说道。

"如果这个男孩的块头是你的两倍呢?"

"他可以试试。"彭罗德恶狠狠地说,"你让他试试,他绝不会看到明天的太阳,就这样!"

理发师十根手指灵活地摆弄着彭罗德的头皮,恨不得要把它扯下来。彭罗德苦不堪言,心里更是抓狂,这样的煎熬之下自然而然就产生了怨怼的情绪。带着这样的情绪他开始思索,如何对付那个"块头是他两倍"、敢叫他"小绅士"的男孩。理发师摇他晃他,连续打击他似乎要拧他的脖子;恍恍惚惚中,彭罗德看到一些歪歪扭扭的画面,画面中的自己正在猛揍几个大块头的男孩。这些男孩子曾经中伤过他,他们的样子因为晃动得太厉害变得支离破碎。

折磨突然停止了,彭罗德紧闭的双眼再次睁开。理发师用了一些凉爽的乳液,彭罗德闻起来像是黑人女仆心中的乖孩子典范。

"现在,"理发师一边轻柔地梳着散发药水味的头发,一边问道,"能说说你为什么会因为别人叫你小绅士而生气吗?这可以说是一种赞美。你为什么要因为这个打人呢?"

在彭罗德看来,这个问题既没有意义,也没有道理可言。他没有这个能耐也没有这个欲望去分析,为什么这个称呼会冒犯他,并且迅速成为对他的一种侮辱。他只知道他一想到这个称呼就反胃。

"你让他们来试试看!"他从椅子上滑下来,恶狠狠地威胁说。在他离开之前,他们对此又进行了一次深入的对话,他又重复了之前说过的狠话,"你让他们试试看!只要试一次——只要他们试一次,就知道厉害了!"

理发师轻声笑了笑。一只苍蝇落在理发师的鼻子上,他打了一下没打到苍蝇,却打到了自己的鼻子。理发师有些恼火,就在这时,他突然眼前一亮,因为看到有顾客来了:世上最美的小姑娘牵着她的小弟弟米奇来了。天气太热,她是带米奇来剪头发的。

天气炎热,大家都无所事事,而这位理发师是个喜欢搞恶作剧的人,刚刚还因为鼻子的事而恼火了一阵,这时候他产生了一个坏主意。

与此同时,彭罗德正在回家的路上徘徊。路程并没有多远,但是足以让他与假想敌展开几次较量。"你最好别那样称呼我!"他喃喃低语,"你试试看,你会有和其他人一样的下场。你最好别惹我!喔,你想试试,是吗?"他用小腿狠狠踢了下铁栅栏柱,栅栏柱倒没什么,他自己却立刻为这个鲁莽行径后悔了。"哎哟!"他咕哝着说,一边跳了起来。他充满敌意地看了一眼栅栏柱,继续往前走。"我想你下次就知道了。"离开的时候,他对这个仇敌说,"如果让我在这一带抓到你,我就——"他的声音低了下去,嘀嘀咕咕也听不清说了些什么,但都是恶狠狠的。他陷入一种危险的情绪之中。

153

不过,快要到家的时候,他的思想转移到一件有趣的事情上。他发现几个工人在十字路口留下了一大锅柏油,正好靠近他家的马厩。他试了试,发现这东西不能吃,作为专业的口香糖替代品也不能让人满意。这东西太稀了,熬得不到家,虽然它不冷不热刚刚好。不过,它有一个卓越的品质——非常黏。这是彭罗德玩过的最黏的柏油,无论他用什么擦手都擦不干净。他尝试了衬衣的下摆、灯笼裤、栅栏,甚至是公爵,都擦不干净。公爵不假思索地摇着尾巴过来和他打招呼,然后又聪明地离开了。

不过,不管什么状态下的柏油,都有很多玩法。彭罗德并没有离去,仍然在大锅附近转悠,他听到不远处小伙伴们玩耍的声音,其中还包括萨姆·威廉姆斯。大锅附近的地面上散落着不少小木片、小树枝还有很多其他的乱七八糟的杂物。彭罗德把这些东西加入柏油,慢慢地打着旋儿。

此刻工人们不在,却有更多惊喜等着他们。大锅几乎都要装满了,柏油表层已经接近锅边。

彭罗德想弄明白,究竟往锅里投入多少小石子、碎砖块才能让它溢出来。为此,他一直认真投入地劳动着,就在他快要完成的时候,他又有了一个新主意,他要进行一个更大规模的实验。街对面草丛的一角嵌着一块大石头,有一个小西瓜那么大,外面刷了一层白石灰。这东西谈不上是一件装饰物,没什么用。用一根棍子就能撬起来,但是想把它移到大锅边上确实需要考验彭罗德的体力。出于对一个巨大的破坏性效果的期待,他拿出十二分的干劲。"这块大石头一定可以让那大锅柏油油花四溅。"他暗暗想着,信心十足地干着。他全身肌肉紧绷,嘴里也"哼哧哼哧"的,一步一步地挪动着石头,终于把它移到了大锅附近。他流了很多汗,背部酸痛。休息了一会儿,调整了下呼吸,他接着搬起石头。他耸着肩膀,想要把石头举到锅边,这时候,身后响起甜美、嘲讽的声音,着实吓了他一大跳。

"你好呀,小绅士!"

"闭嘴,你个傻瓜!"彭罗德粗鲁地吼了一声。喊出这句话纯粹是出于本能,他甚至都还没看清楚是谁这么不怀好意地冲他说话。

原来是玛乔丽·琼斯。这位漂亮的小姑娘,今天穿了一身纯白色的裙子,手牵着刚刚理完发、香喷喷的米奇,真是清新可人。姐弟俩悄悄来到这位辛勤的劳动者身后,此刻站在那儿开心地大笑。彭罗德受到鲁佩·柯林斯影响的时期已经过去,对于他上次和玛乔丽见面时粗鲁的行为,他已经自我反省了很多次。事实上,一看到她,他的心就柔软了,他很想和她好好说话,但是,唉!玛乔丽已经知道如何戳到他的痛处,这从她美丽的大眼睛里就能看出来,她就是不给他好好说话的机会!

"哦,哦!"她模仿着他痛苦的尖叫声,"小绅士的说话方式是这样的吗?小绅士不会说粗鲁——"

"玛乔丽!"彭罗德既愤怒又难过,他觉得自己深深受到伤害。相比其他人,来自玛乔丽的侮辱更让他难以忍受。"别再那样叫我!"

"为什么不呢,小绅士?"

他激动地跺着脚。"你最好住口!"

面对彭罗德狂怒的面庞,玛乔丽报以一个可爱且充满恶意的大笑。

"小绅士,小绅士,小绅士!"她故意说,"今天下午过得怎么样呀,小绅士?你好呀,小绅士!"

彭罗德气得发狂,古怪地跳着脚。"住口!"他怒吼道,"住口,住口,住口,住口!"

米奇快乐地嚷嚷着,将一根手指伸到大锅边上,立刻被他的姐姐一把抓了过来,用手帕擦了擦。

"小绅士!"米奇说。

"你最好小心点!"彭罗德回过头来,看着这位出言不逊的小家伙,有一丝邪恶的想法:这个小家伙至少是个男的,拿他来问罪不会有失风度,"你再说一遍,我让你尝尝我的厉害——"

"你不敢!"玛乔丽阻拦道,声音立即变得尖刻起来,"他想说什么就说什么,想说多少就说多少。再说一遍,米奇!"

"小绅士!"米奇应声说道。

"哎——呀!"彭罗德气昏了头,嘴巴都不利索了,"你敢再说一遍,我就——"

"继续说,米奇。"玛乔丽大叫道,"他不能把你怎么样。他不敢!再说一遍,米奇——多说几遍!"

米奇胖乎乎的小脸上闪着得意的光芒,他确信自己很安全,于是立刻照做了。

"小绅士!"他不怀好意地尖声叫起来,"小绅士!小绅士!小绅士!"

陷入绝望的彭罗德弯腰搬起那块刷着白石灰的大石头,接着——他用一股不可思议的力量,连波尔多斯、约翰·里德还有厄尔瑟斯这些重量级拳击运动员都会叹为观止的力量,把石头举到半空中。

玛乔丽发出刺耳的尖叫。

但已经来不及了。大石头不偏不倚落在了大锅中央,彭罗德得到了他想要的油花四溅的效果,远远超出了他的预期。

壮观而可怕的效果随即就出现了——如同火山爆发的噩梦一般。一大片形状奇怪的黑色块从锅中升起,落在三个孩子身上。他们根本没时间躲避。

米奇离大锅最近,他身上的柏油也最厚,虽然其他两人身上被浇到的也不少。兔子兄弟[1]若是在场肯定会从他们身边逃离。

---

[1] 兔子兄弟:南美洲童话小说中的角色,以聪明狡猾出名。

第二十五章

柏油

当玛乔丽和米奇能够呼吸的时候,他们做的第一件事情就是大叫,叫声之惨烈,几乎无人不晓。狂怒之中,玛乔丽捡起手边的一根大木棍,疯狂地抽打着彭罗德。彭罗德扭头就跑,他俩围着大锅,一圈一圈地你追我赶。弱小的米奇努力地想要跟上他们的脚步。米奇像一只从墨水池里捞出来的臭虫,虽然活着,却也是奄奄一息。

这场混乱引来了极大的关注。塞缪尔·威廉姆斯翻过栅栏跑了过来,莫里斯·利维、乔吉·巴西特也紧随其后。众人看着眼前离奇的场景,觉得不可思议。

"小绅士!"玛乔丽大声尖叫,一记重棍打在彭罗德被柏油淋透的帽子上。

"嗷——嗷!"彭罗德连连惨叫。

"那是彭罗德!"萨姆·威廉姆斯大喊道,他通过声音辨认出了彭罗德,之前他还有些怀疑。

"彭罗德·斯科菲尔德!"乔吉·巴西特惊呼,"你怎么成这样了?"乔吉依然保持着"小绅士"的风度。

玛乔丽气喘吁吁地靠在棍子上。"我叫——叫——他——哦!"她哭诉起来,"我叫他小——小——哦——小绅士!哦——看——看!哦!看——看我的裙——裙子!看——看米奇——哦——米

157

奇——哦!"

她又一次拿起棍子打了起来,打中了彭罗德几下,然后抓住米奇的小手,哭泣着跑回家去。

"'小绅士'?"乔吉·巴西特说道,骄傲的情绪似乎受到了打击。"为什么这样叫你?这是他们称呼我的呀!"

"是的,你是个小绅士!"彭罗德怒吼道,"但是你最好别让其他人这样叫我!我今天已经受够了,你别来惹我,乔吉·巴西特。你哪儿凉快哪儿待着吧!"

"每个人都有权利称呼别人为小绅士。"乔吉振振有词道,"确实有很多称呼不应该叫,但是这是一个很好的——"

"你最好给我小心点儿!"

彭罗德已经伤痕累累,肉体和心灵满是伤痛,还没有找到发泄的出口。正巧乔吉站在他的面前。彭罗德准备大开杀戒:还轮不到乔吉·巴西特这家伙来公然反对他。

"我还没叫过你小绅士呢。"乔吉说,"我只是说每个人都有权利说这个词。"

"在我这儿不行!你再敢试一次我就——"

"我的意思是说,"乔吉辩解道,"只要乐意,这座城里的任何人都有权说'小绅士'——"

彭罗德突然将右手伸进大锅里,然后冲到乔吉面前,往他的头发和脸上乱抹一通。

哇,这才刚刚开始!萨姆·威廉姆斯和莫里斯·利维兴奋地大叫起来,他们同时也受到了感染,围着打斗中的两人手舞足蹈,并且疯狂大喊:

"小绅士!小绅士!打他呀,乔吉!打他,小绅士!小绅士!小绅士!"

这位气急败坏的小亡命之徒转身并挥拳向围观人群打去,他们因此也粘上了柏油。这给乔吉·巴西特赢得了机会。他觉得自己已经全身都是柏油,无可救药了,于是索性不停地伸到锅里,往彭罗德身上抹更多的柏油。虽然这也是白费力气,但有助于平息乔吉心中的愤怒。

四个男孩上演了一出翻版拉奥孔父子①三人组的戏码,不过多了一个人,场面更加复杂,混战之中传来杂乱的呼喊声,简直令人窒息。奇怪的尖叫声不绝于耳。锅里的柏油,仿佛取之不尽用之不竭,随之而来的效果越来越令人震撼。装柏油的大锅架在砖块上,本来就不是很稳,在这几个男孩子的冲撞之下,大锅开始倾斜,流出黑色的液体,在排水沟里铺上厚厚的一层。

也许是天意吧,就在这个节骨眼上,身份尊贵、一尘不染的罗德里克·比兹少爷也出现在混战现场。他一身洁白凉爽的水手服,本来是要去姑妈家,却偏偏在人行道上停了下来,开心地蹦蹦跳跳。他听到混战中的那几个斗士不断地呼喊着一个称呼,其中夹杂着喘气声、尖叫声,不知为什么也激动地跟着叫起来。

"小绅士!"罗德里克大喊道,一边喊一边快乐地蹦蹦跳跳,"小绅士!小绅士!小——"

一个可怕的身影从混战中挣脱出来,黑色的手臂一下子钩住这位旁观者的脖子,猛然向前一拉。小罗德里克的脸完完全全地扑在了排水沟里。那个可怕的身影正是彭罗德。

剩下的三个人再一次向他扑来,他则顺势扑倒在罗德里克身上,从那一刻开始,罗德里克也积极地投入到了战斗中。

柏油大战就此拉开序幕。事后,家长们很难弄清楚这到底是如何开始的,因为参战人员各执一词——玛乔丽说是彭罗德引起的,

---

① 拉奥孔:希腊神话中的特洛伊祭司。著名的拉奥孔群像雕塑,1506年出土于罗马,塑像表现了拉奥孔父子三人死前与巨蛇搏斗的形象。

彭罗德说是米奇引起的,萨姆·威廉姆斯说是乔吉·巴西特引起的,乔吉和莫里斯·利维说是彭罗德引起的,罗德里克·比兹没有认出第一个袭击他的人,就说是萨姆·威廉姆斯引起的——混乱不清,无从追究。

没有人想过要去指责理发师。严格说来,也不是理发师引起的,而是落在理发师鼻子上的苍蝇引起的——当然,苍蝇也是因为什么东西才落在理发师的鼻子上。不管怎样,我们永远无法惩治到真正的罪犯。

直到彭罗德的母亲赶到,这场混战才结束。她在和琼斯夫人,也就是玛乔丽的母亲,进行了一次痛苦的电话交谈之后,前来寻找闯了祸的儿子。她是怎样辨别出自己的儿子的呢?这真是一个谜。因为等她赶到那儿的时候,彭罗德的嗓子已经嘶哑,全身柏油,已经难以辨认了。而斯科菲尔德先生对这件事的解释是彭罗德脑子不正常。那天晚饭之前,他和这个"不法分子"进行了一番对话。从书房里下来,他就宣布:"他完全就是个胡言乱语的疯子!""我要把他送到军校,但我想他们不愿意接收他。你知道他说这次可怕的事情是怎么发生的吗?"

斯科菲尔德夫人疲惫地说:"玛格丽特和我给他擦洗的时候,他说'所有人'都在骂他。"

"骂他!"她的丈夫轻蔑地哼了一声,"'小绅士!'他们就是这样骂他的!就因为这个,他破坏了六家人之间的和睦!"

"嘘!是的,他和我们说了。"斯科菲尔德夫人有些抱怨,"他和我们说了,嗯,估计有几百次,虽然我没数。不明白为什么他会觉得'小绅士'是个贬义词,但这个想法已经在他头脑里根深蒂固,无法改变。我们能做的,就是把他关进小房间里。如果不这么做,他又要出去追打那些男孩子了。我真弄不懂他是怎么回事!"

"对我来说,他就是个谜!"她丈夫说道,"他拒绝解释,为什么反对别人叫他'小绅士'。还说如果有人再敢这么叫他,他会做出同样的甚至更出格的事情。他说如果美国总统这么叫他,他也会用鞭子抽打总统。你们把他关多久了?"

"嘘!"斯科菲尔德夫人轻声说,"差不多两小时,但我觉得,他那个倔脾气一点儿都没有软化。他的头发上全是柏油,于是我又带他去理发师那儿剪了头发。他的小伙伴萨姆·威廉姆斯,还有莫里斯·利维都在那儿,也是剪头发,他俩轻声地说'小绅士',声音小得几乎听不见——彭罗德立刻当我的面,和他们打了起来。我和理发师花了好大力气,才把他从他们身边拉开。理发师人很好,没有责怪,但是彭罗德——"

"我就说他是个疯子!"斯科菲尔德先生认为彭罗德有必要向大家解释一下,为什么听到这个词会觉得受到侮辱。

"嘘!"斯科菲尔德夫人说,"这确实有些不可理喻。"

"究竟是什么原因会让一个正常的人介意被人称作——"

"嘘!"斯科菲尔德夫人说,"我也弄不明白!"

"你为什么总是嘘我!"斯科菲尔德先生终于爆发了。

"嘘!"斯科菲尔德夫人说,"是基诺思林先生,他是圣约瑟教堂新来的教区牧师。"

"在哪儿呢?"

"嘘!就在前门的门廊,和玛格丽特在一起呢。他要留下来吃晚饭,我真希望——"

"他单身,是吗?"

"是的。"

"我们的老牧师某天提到过他,"斯科菲尔德先生说,"印象似乎还不错。"

"嘘!是的。他大概三十岁,当然比玛格丽特的大多数朋友要优秀——特别是那些从大学里回来的男孩子。她以为自己喜欢年

161

轻的罗伯特·威廉姆斯,这我知道——但是这孩子总是笑个不停!不过,这也不好比较。基诺思林先生充满智慧,让玛格丽特与他相处相处总会有好处,或许能做出一些改变。当然,基诺思林先生是非常有精神追求的。他似乎对玛格丽特很感兴趣。"她停下来想了想,"我觉得玛格丽格也喜欢他,他是如此地与众不同。这已经是他本周第三次登门了,我——"

"好吧。"斯科菲尔德先生严肃地说,"如果你和玛格丽特想他再来,最好别让他见到彭罗德。"

"但是他要求见他,他似乎有兴趣见见我们全家人。再说彭罗德在饭桌上表现得还可以。"她停了停,然后问了丈夫一个问题,有关他刚刚在楼上和彭罗德谈话的问题。"你——你有没有——打他?"

"没有。"他沉着脸回答,"没有,我没那么做,不过——"他突然被打断了。厨房里传来瓷器和金属剧烈碰撞的声音,还有黛拉的尖叫声以及彭罗德粗暴的声音。消息灵通的黛拉想使点小聪明,于是恶作剧般地称呼自家少爷为"小绅士",彭罗德立刻飞出右脚,将她右手举着的托盘踹掉在地上,托盘里还装着餐具。斯科菲尔德夫妇闻声赶至厨房,斯科菲尔德先生把刚刚没说完的话说完了。

"不过我现在要那么做了!"

就在那个离前门廊最远的小房间里,斯科菲尔德先生虽匆匆忙忙,但还是准确无误地完成了刚刚说好要做的事情。二十分钟后,彭罗德下楼吃晚饭。牧师基诺思林先生想要见见他。唯一可行的做法就是把家丑遮掩起来,在这位来访者面前展现一幅家庭和睦、其乐融融的画面。

肉体上的疼痛并没有让彭罗德屈服,他压着怒火被领着去参加社交活动。与此同时,罗伯特·威廉姆斯黯然离开,这一次他是带着吉他走的。孤独和绝望,无意间让他和彭罗德有了惺惺相惜之感。

刚刚遭受的惩罚让彭罗德的自负和倔强更加坚定,反叛之心更加决绝。他并没有被征服。每经历一次无法容忍的侮辱,他心中的愤恨就更加强烈,报复的行为也来得更快、更猛。他下定决心,无论何时遭到攻击,无论对方多么强大,他都要继续捍卫自己的荣誉。在简短的介绍中,彭罗德的脸上浮现一种被他父亲认为是疯狂、偏执的表情,斯科菲尔德夫人见状不由得暗自祈祷。不过,优雅和善的基诺思林先生并没有受到他怒目圆睁的影响,他误以为这是一种天生的好奇——是小兄弟对将来有可能成为家庭成员的人的一种本能反应。他拍拍彭罗德的脑袋,却并没有赢得他的好感。彭罗德觉得自己面前站着的是一位新敌人。

"你好,小伙子。"基诺思林先生说,"我相信我们会成为很好的朋友。"

在这位小伙子听来,基诺思林先生的发音有些矫揉造作,而彭罗德误以为他是在用一种隐晦的方式嘲讽他。他的举止表情与"建立友谊"的话语严重不符,斯科菲尔德夫人急忙提出吃晚饭的建议,于是一行人走进了餐厅。

"今天天气真不错,"基诺思林先生说,"温暖和煦。"他友好地向坐在对面的彭罗德打招呼,"我猜,小绅士,这个假期你一定尽情参加了很多户外活动吧?"

彭罗德放下叉子,怒视着基诺思林先生。

"您要不要再来一片鸡胸肉呢?"斯科菲尔德先生问道。

"多么美好的一天!"玛格丽特迅速感叹道,又强调了几遍,"真美好,哦,真美好!真美好!"

"真好,真好,真好!"斯科菲尔德夫人说道。她瞥了一眼彭罗德,确定他想要开口说些什么,于是继续说道:"是的,真好,真好,真好,真好,真是太好了!"

彭罗德闭上了嘴巴,身体缩回椅子上。他的亲人们终于松了口气。

基诺思林先生看起来很高兴,他很喜欢这家人热情的反应。他用那白皙精致的手优雅地抚过他那高高的苍白的额头,保持着和善的微笑。

"夏天正是年轻人放松的时候。"他说,"少年时代是最任性的时候,可以尽情玩耍,自由自在,无拘无束。和小伙伴们一起跑啊、跳啊,享受生活。小男孩之间一起玩耍有很多好处,他们推推搡搡,追逐打闹,假模假式地进行一些愉快的争斗,与人无害,可以让他们年轻的肌肉得到锻炼,这很好。与此同时,骑士精神也得到了提升、发展。年轻人学起东西来很快,这是天生的,也是自发的。他们会感知贵族阶级的责任和义务所在,然后开始理解社会地位的必要性及其要求。他们会明白出身意味着什么——啊——也就是说,他们在游戏中学会礼仪,在消遣娱乐以及其他一些轻松活动中,学会对他人的礼貌和体贴。我非常乐意也经常参加他们的活动,因为我非常能明白,他们的快乐是有益身心的,包括各种小烦恼和小困扰。你们也看出来了,我理解他们。这么和你们说吧,能够理解小男孩和小女孩可不是件容易的事。"他笑意盈盈地扫视了每一位听众,最后把目光落在彭罗德身上,问道:

"小绅士,你有什么想法呢?"

斯科菲尔德先生大声咳嗽了两下。"再来点儿吗?再来点儿鸡肉吧!多吃点儿,别客气!"

"再来点儿鸡肉!"玛格丽特随即附和道,"吃吧!别客气!多吃点!吃吧!多吃点儿!"

"真好,真好。"斯科菲尔德夫人开口说,"真好,真好,真好,真好——"

不知道基诺思林先生如何看待彭罗德此刻脸上的表情。也许他误以为这是一种敬畏,也许他压根儿没觉得有什么异样。他是一个相当自我的年轻人。此刻他有着双重任务,一方面他要开口说话,另一方面他还自诩为一位挑剔而受欢迎的听众,这样一来,他其实还挺忙。再说,大多数情况下,男孩子们脸上极其奇怪的表情会被完全忽略,即使直勾勾地看着别人,对方也不会有什么想法。当然,彭罗德的表情在他家人看来相当可怕,不过在基诺思林先生心中却没有引起丝毫不安。

基诺思林先生谢绝了鸡肉,继续滔滔不绝地说着。"是的,我认为我可以理解男孩子们。"他亲切地微笑说,"每个人都有过少年时代。啊!但并不全是玩耍!我希望我们这位小少年不要像我一样太刻苦,我因为看了太多的拉丁文还有古典文学,在八岁的时候就不得不戴上眼镜。他一定要注意不要因为学业而熬坏了眼睛,不要让小肩膀在书桌前塌下来。少年时代是黄金时期,我们要保持它金色灿烂的光芒;少年时代正是嬉戏打闹的时候,正是活泼好动的时候,应该打打板球、网球,还有手球之类的,应该跑跑跳跳,应该大声地笑,应该哼着小曲儿,和云雀一起高歌,小调、民谣、民歌、回旋曲都可以唱起来——"

他一直说着没停。斯科菲尔德先生担心那张滔滔不绝的嘴巴里蹦出可怕致命的字眼,时刻准备着剧烈咳嗽和"再多吃点儿鸡肉"的言语,希望能用这些方式淹没彭罗德愤怒的发作。而斯科菲尔德夫人还有玛格丽格也随时准备协助他。终于在斯科菲尔德夫人匆忙而不失得体地推动下,这场"危机四伏"的晚餐终于结束了。斯科菲尔德夫人觉得前门廊灯光昏暗,在那里多少会更加安全一些,于是她尽可能快地把大家带到那里。

"谢谢,不要雪茄。"基诺思林先生坐在玛格丽特身边的柳条椅子上,摆手谢绝了她父亲的提议。"我不抽烟,我从未尝试过任何形式的烟草。"斯科菲尔德夫人确信这将是一位理想的女婿,但她的丈夫倒不是那么肯定。

"不用了。"基诺思林先生说,"我不用烟草,也不用雪茄、烟斗、香烟。对我来说,有本书——也许是本诗集——就够了。诗篇、韵脚、有节奏有韵律的句子——这些都是我的消遣。众多诗人中,我偏爱丁尼生[①],他的《莫德》,还有《国王田园诗集》——都是创作于维多利亚鼎盛时期的诗歌,后无来者。或者是朗费罗[②],他能让我在疲惫中获得一丝放松。是的,对我来说,有书就行了,有一本在手中,轻轻地夹在指间,那样的感觉真是美妙啊。"

基诺思林先生一边说着话,一边愉快地看着自己的手指,他挥手在半空中划了个曲线,房间里微弱的光透出窗外,因此大家都看到了他的手。接着,他用优雅的手指划过头发,转向坐在幽暗角落里的栏杆上的彭罗德。

"今天晚上有点儿冷。"基诺思林先生说,"也许我可以请这位小绅士——"

"咳——咳——"斯科菲尔德先生猛地咳了两声,"你要不要尝试一根雪茄。"

"不用了,谢谢。我想请这位小——"

"试一根吧。"玛格丽特劝道,"我相信爸爸的雪茄都是很好的。尝试——"

"不用了,谢谢。我刚刚说空气中有一丝寒意,我的帽子放在门厅,我想请这位——"

"我去帮您拿。"彭罗德突然开口。

"那真是太好了。"基诺思林先生说,"是一顶黑色的圆顶礼帽,小绅士。就放在门厅的桌子上。"

"我知道在哪儿。"彭罗德走进屋内。他的三位亲人不约而同地松了口气,相互庆幸他终于恢复了正常。

"'白昼已经结束,黑夜已经来临。'"基诺思林先生朗诵道,他把

[①] 阿尔弗雷德·丁尼生(1809—1892):英国19世纪著名诗人,曾获桂冠诗人称号。
[②] 朗费罗(1807—1882):美国诗人,翻译家。

那首诗完整背诵了一遍。接着他又继续背诵了"孩子们的时光",然后停了停,让他的听众们有时间回味一番,他再次用手摸了摸头,然后向门的方向喊去:

"我想我现在可以戴上我的帽子了吧,小绅士。"

"给你。"彭罗德出乎意料地,从门廊另一头的栏杆翻了进来。他的父母亲还有玛格丽特原以为他懂事了,以为他为了不打扰基诺思林先生朗诵,恭敬地在门厅等候。后来他们回忆起这个细节时才发觉,他这样的体贴是不正常的。

"很好,小绅士!"基诺思林先生说道。他觉得有些冷,于是将帽子戴在头上,把帽檐往下拉了拉。他立刻感受到了一种舒适的温暖。随即他又感受到了别的东西,他的头皮有一种莫名的感觉——一种无法用语言描述的感觉。他抬起手,想把帽子摘掉,但感受到了异样:他的帽子似乎已经决定就待在原地不动了。

"基诺思林先生,您对丁尼生的喜爱和对朗费罗的一样多吗?"玛格丽特问道。

"我——啊——我不知怎么说。"他开始心不在焉,"我——啊——他们各自有——啊!风格和特点,每个人都有自己的——啊——啊——"

玛格丽特注意到他的语气有些奇怪,好奇地看了看他。光线昏暗,他的轮廓有些模糊不清,但是她看到他的手臂一直举着,保持着一个姿势。他似乎在拽自己的头。

"您——您怎么了?"她关切地问,"基诺思林先生,您是生病了吗?"

"没——啊!——完全没有。"他语气依然很奇怪,"我——啊——我想——哎呀!"

他把手从帽子上放下,然后站起身,行为略显焦躁。"我怕我可能有点——啊——着凉了。我想——啊——也许——我最好赶快回家。先——晚安了。"

他站在台阶上,本能地抬起手想要摘下帽子行礼,但是却没那么做,只是再一次冷淡地说了声"晚安",然后很不自然地离开了,并且再也不会来了。

"那个,就这样——!"斯科菲尔德夫人震惊地叫道,"发生什么事了?他就那样——离开了!"她摆了摆手,一脸迷惑。"看在老天的分上,玛格丽特,你到底对他说了什么?"

"啊!"玛格丽特愤慨地大呼,"我什么都没说!他就走了!"

"那是怎么回事?他说晚安的时候,甚至都没有摘下帽子!"斯科菲尔德夫人说。

玛格丽特已经走到门口,这时候听见幽灵般的声音轻轻地响起,彭罗德正站在那儿。

"他肯定摘不下来了!"

他并不知道自己的话被听到了。

玛格丽特心中闪过一丝可怕的怀疑——她怀疑基诺思林先生的帽子,恐怕只能用热水冲,或是用刀子刮,才能取下来了。她回想起,彭罗德刚刚拿帽子的时候,离开了很久,越想越蹊跷。

"彭罗德,"她大叫道,"给我看看你的手!"

下午她费了好大的劲儿,几乎把手都要烫伤了,才将这两只手洗得白白净净。

"给我看看你的手!"

她抓住那双手。

那双手上又全是柏油!

第二十六章

平静的下午

如果成年人仔细研究过惩罚和痛苦对一个男孩子的影响,他们会领悟到大自然在疼痛这件事情上的真正意图,因为无论是惩罚还是痛苦,持续的时间都不会太久。对一个男孩子来说,一个麻烦如果过了一夜还记得,那一定是"史诗级"的大麻烦。对他而言,每天都是新的开始。所以,当彭罗德第二天醒来的时候,脑袋里既没有体罚的棍子,也没有基诺思林先生。柏油,这个东西对他来说,就像是一个从未被发现的物质。他心情愉快,并且有了些做生意的想法。一夜之间,一些神奇的变化发生在他身上,他早上醒来的第一个想法就是要通过卖废铁赚钱——也许是因为在他醒来之前,刚好有一个捡破烂的人从家门前走过。

十点钟的时候,他已经和最亲密的伙伴萨姆达成合作伙伴关系,斯科菲尔德-威廉姆斯公司正式进入商界。破布、废纸、破铜烂铁的大量交易,使得公司在第三天傍晚取得二十二美分的收益。但是,接下来几天的玻璃瓶买卖,让人失望。虽然经过七个小时的辛勤劳动,他们用火烧、用水洗,清理了满满一独轮车的旧药瓶,但附近的药剂师还是心存疑虑。令人沮丧的是,他们的"绿色作物推广计划"也失败了,他们连根拔起了很多蒲公英——就是那种用于装饰却未得赏识的小花儿。由于他们的坚持不懈和努力劳作,斯科菲尔德和威廉姆斯两家的草坪在接下来的夏日里都显得格外荒凉。

舒适期已经过去：生意日渐惨淡，最后就没生意了。不知不觉，三伏天也悄然而至。

一个八月的下午，天气太热，连男孩子们都只想待在屋里乘凉。彭罗德·斯科菲尔德、塞缪尔·威廉姆斯、莫里斯·利维、乔吉·巴西特这几位少爷，还有赫尔曼，都懒散地待在马厩昏暗且空旷的角落里，他们就这样坐着聊天儿。天气真是太热了，当男孩子们愿意投入聊天时，天气一定是少有的热，而这一天就有这么热。

长辈们需要特别当心这样的日子。当天气条件恶劣到让人不再愿意户外活动，而男孩子们又聚在一起保持安静的时候，危险正在慢慢靠近。无论是火山、西部的河流、硝酸甘油，还是被压抑许久的男孩子，在爆发的那一刻危害性都是极大的。因此，在二月和八月那些被束缚在屋内的日子里，监护人们需要格外地警惕激烈奇特的恶性事件爆发。

就在这个酷热的下午，某些事情已经开始，并且平静地酝酿着。一切都是那么慵懒，没人能预料到它的爆发。

几个男孩子正在讨论一个重要话题："当我长大成人！"虽然他们还是小孩子，但人们都是这样，认为自己目前所处的状态过于平凡，且不值一提。所以，老人家聚在一起的时候，总是会说："当我还是小男孩的时候！"人们从来不会去发现和探索"当下"这片沃土。

"当我长大成人，"萨姆·威廉姆斯说，"我要雇两个黑人随从，我要躺在吊床上，让他们来摇晃，然后整天用浇花儿的水壶往我身上洒冰水。我会雇你的，赫尔曼。"

"不，你雇不了我。"赫尔曼立刻回应，"你又不是花儿。不过也没关系，因为不管怎样，当我长大成人，没人能雇我。我是我自己的主人。我要去当铁路工人。"

"你的意思是当指挥,或者类似卖票的?"彭罗德问。

"指——挥?卖票?才不要呢!我要成为一个行李搬运工!我叔叔现在就是一位行李搬运工。坚硬的金扣子——哦,哦!"

"将军衣服上的金扣子比搬运工多多了。"彭罗德说,"将军——"

"行李搬运工日子过得最滋润。"赫尔曼没让他说完,"我叔叔赚的钱比城里的任何白人都多。"

"好吧,不过我还是想当一名将军。"彭罗德说,"或者一位参议员,或者类似什么的。"

"参议员住在华盛顿。"莫里斯斜了他一眼说道,"我去过那里,华盛顿没什么。尼亚加拉大瀑布比华盛顿好一百倍。大西洋城也是,那儿我也去过。我哪儿都去过。我——"

"好吧,不管怎样,"萨姆·威廉姆斯提高了嗓门,"不管怎样,我就是要一整天躺在吊床上,让人往我身上洒冰水,我要那样躺着过夜,一直到第二天。也许我会那样躺好几年。"

"我打赌你肯定不会!"莫里斯大声尖叫,"到了冬天你怎么办?"

"什么?"

"冬天的时候你怎么办,还是整天躺在吊床上,让人往你身上洒冰水?我打赌——"

"我还是会躺在那儿。"萨姆眨眼看着屋外的草坪和树木,有些眼花,"往我身上洒再多冰水都不嫌多!"

"你会全身是冰的,而且——"

"我巴不得那样,"萨姆说,"我会把它们全吃了。"

"而且会有雪花落在你身上——"

"好呀!雪花一落下来我就把它们吞掉。我希望我现在就有一大桶雪。我希望整个马厩里都是雪。我希望世界上除了雪以外什么都没有。"

彭罗德和赫尔曼站起来,走到水龙头前,畅快地喝了很久。他们回来时,萨姆依然在谈论雪。

"不,我不仅要在雪里打滚,我还要把雪塞进我的衣服里,还有帽子里。不,我要把一大堆雪冻起来,冻得硬邦邦的,然后卷起来,拿到裁缝店,让裁缝给我做一身套装,再——"

"能别谈你的雪了吗?"彭罗德暴躁地说,"让我口渴得坐不住,我已经喝了好多水,肚子都快撑破了。那个水龙头流的水也快热得烫嘴了。"

"等我长大了,我要开一家大商店。"莫里斯主动说。

"糖果店?"彭罗德问。

"才不是呢,先生!店里会有糖果,但不全是吃的。我要开的是一家百货商店,店里有:女装、男装、领带、瓷器、皮制品、好看的羊毛毛线,还有蕾丝制品——"

"好呀!不过,如果你拿整个商店和我换一分钱五颗的弹珠,我都不会换。"萨姆说,"你觉得呢,彭罗德?"

"给我十个那样的店我也不会换,一百万个也不要!我要——"

"等一下!"莫里斯大叫,"你们真傻,我的店里肯定有卖玩具的柜台,那里有上百颗弹珠!所以,你们觉得一分钱五颗的弹珠算什么呢?等我把店开起来,我就要结婚。"

"呀!"萨姆嘲讽道,"结婚!听听!"彭罗德和赫尔曼也跟着轻蔑地起哄。

"我当然要结婚。"莫里斯坚定地说,"我要和玛乔丽·琼斯结婚。她很喜欢我,我是她男朋友。"

"你为什么会这样想?"彭罗德模糊不清地问道。

"因为她是我的女朋友,"他理直气壮地说,"所以我是他的男朋友。我认为这个理由已经很充分了!一旦我的店经营起来,我就和她结婚。"

彭罗德沉着脸看着他。

"结婚!"萨姆·威廉姆斯揶揄道,"和玛乔丽·琼斯结婚!我还是第一次听一个男孩子说他要结婚。我才不结婚呢——我才不会为了——为了——"萨姆一时想不到一个合适的理由,于是接着说,"我才不要结婚呢!你为什么要结婚呢?结婚的人,除了每天疲惫地回到家,担心各种责骂,其他还有什么?你最好别结婚,莫里斯,否则一定会后悔的!"

"每个人都会结婚的。"莫里斯坚持自己的立场,"肯定的!"

"我打赌我不会!"萨姆激动地反驳,"他们在告诉我必须结婚之前最好先抓住我。不管怎么说,我打赌除非是自己愿意结婚,没有人是一定要结婚的。"

"他们也是自己愿意的。"莫里斯坚持说,"肯定的!"

"谁说的?"

"我爸爸亲口告诉我的!"莫里斯大叫,争论已经进入白热化阶段,"他告诉我说如果他没有和我妈妈结婚,他就不能碰我妈妈的钱。每个人都得结婚。我们认识的人中,没有谁过了二十岁还没结婚呢——也许除了老师。"

"还有警察!"萨姆得意地大叫,"我想没人能强迫警察结婚的吧,你觉得呢?"

"好吧,也许还有警察。"莫里斯不得不承认,"警察和老师不一定会结婚,但其他每个人都必须结婚。"

"那么,我将来想成为一名警察。"萨姆说,"那时候,他们就不能对我说我必须结婚了。彭罗德,你想成为什么?"

"警长。"彭罗德简洁干脆地说。

"那你呢?"萨姆询问安静的乔吉·巴西特。

"我想成为一名牧师。"乔吉清醒地说。

他的宣告引起了剧烈的反响,但是大家听完都沉默了。赫尔曼最先开口。

"你是说布道者?"他有些不敢相信,"你要去布道吗?"

"是的。"乔吉回答道,他的表情就像正在演奏管风琴的圣塞西莉亚①。

赫尔曼很惊讶,"你知道如何布道演讲吗?"

"我会去学的。"乔吉简单地回答道。

"你能喊多大声?"赫尔曼怀疑地问。

"他根本不会喊。"彭罗德轻蔑地打断他们,"他喊起来像个姑娘。他是整座城里最不会喊叫的人。"

赫尔曼摇摇头。显然,他认为乔吉成为一个牧师的机会非常渺茫。不过,黑人小专家最后问了这位小牧师一个问题,似乎还留有一线希望。

"你爬树怎么样?"

"他根本不会爬树。"彭罗德替乔吉回答,"上次在萨姆家爬杆,你没看见他那个样子——"

"牧师不需要会爬杆。"乔吉不卑不亢地说。

"好的牧师一定会。"赫尔曼宣称,"我听到过的最好的一次布道,牧师像杂耍演员一样爬上爬下。那时候我们住在农场,他是一个大教会的牧师。他爬到教堂中央的一根大柱子上,那根柱子是整座教堂屋顶的承重柱。他爬到高高的柱子上,然后喊:'上天堂,上天堂,马上上天堂。哈利路亚,赞美我的主!'接着,他滑下来一点儿,然后大喊:'魔鬼抓住了我的衣角,魔鬼要把我拽下去!有罪的人,一定要小心!魔鬼抓住了我的衣角,我要下地狱了。哦,主啊!'接着,他又爬上去一点儿,然后大声喊叫:'终于摆脱可恶魔鬼的纠

---

①圣塞西莉亚:北欧神话的重要人物之一,是音乐家的保护神。

缠;将再次直接上天堂！上天堂！上天堂,我的主!'接着,他又滑下来一点儿,然后大喊:'放开我的衣角,可恶的魔鬼！又要下地狱了,有罪的人啊！直接下地狱,我的主!'他就这样往上爬一点儿,往下滑一点儿,往下滑一点儿,又往上爬一点儿,嘴里一直在大喊:'马上上天堂;马上下地狱。上天堂,天堂,天堂,我的主!'最后,他一路滑下,拳打脚踢地挣扎着。'下地狱,下地狱！可恶的撒旦抓住我的灵魂！下地狱！下地狱！下地狱,地狱,地狱！'"

赫尔曼继承了他的族人们所拥有的天生卓越的表演才能,描述得绘声绘色,听众们也都听得津津有味,坐在那儿全都听入了迷。

"赫尔曼,你再说一遍!"彭罗德屏住呼吸说。

赫尔曼非常愉快地接受了请求,没有丝毫勉强。他又一次描述了弥尔顿[①]式的情节,又添加了一些。整个叙述中,在最能让听众兴奋的地方,他又做了些艺术加工。坦白地说,最可怕的高潮就是坠入深渊那一段,也是最精彩的部分。

赫尔曼的描述立刻产生了巨大的效果。彭罗德跳起脚来。

"乔吉·巴西特干不了那个,他救不了自己的命。"他对众人说,"我要当牧师,我是最合适的人选了,是不是,赫尔曼?"

"我也要当!"萨姆·威廉姆斯大声附和道,"如果你能当,我肯定也能当。我会比彭罗德做得更好,对不对,赫尔曼?"

"我也要当!"莫里斯大叫道,"我的声音比这里任何人都大,我想知道——"

三个人互不相让,吵成一团,每个人都声称自己够格当牧师,他们的理论依据来自赫尔曼,这些突然皈依宗教的人对赫尔曼的权威毫无异议,完全接受。

[①]约翰·弥尔顿(1608—1674):英国诗人,著有《失乐园》《复乐园》。

"听我说!"莫里斯大吼道,声音盖过了其他人,"也许我爬杆不是很好,但是这里谁能喊得比我声音大?听——我——说!"

"闭嘴!"彭罗德怒气冲冲,"上天堂,下地狱!"

"哦——哦!"乔吉·巴西特惊呼道,他被吓了一跳。

萨姆和莫里斯也被彭罗德的大胆行为吓到了,停止了争吵,睁大眼睛看着他。

"你刚刚诅咒骂人了!"乔吉说。

"我没有!"彭罗德激动地大叫,"那不是咒骂。"

"你说了,下什么!"乔吉说。

"我没有!在说'下什么'之前我说了'上天堂'。那不算是咒骂,对吧,赫尔曼?这和那个牧师说的话差不多,不是吗,赫尔曼?如果你之前说了'上天堂',这就不是咒骂,对吧,赫尔曼?你想说就说,只要你之前先说了'上天堂',不是吗,赫尔曼?既然牧师可以说,那么每个人都能说,是吧,赫尔曼?我想我清楚自己并没有在咒骂,是不是,赫尔曼?"

赫尔曼法官判定被告在理,彭罗德可以继续按照他的观点行事。为了保持一致,几个人又聚在一起召开了秘密会议,会上也确认,普通公众是可以说这个词的,只要在前面加上"上天堂"。这个前缀就像一个完美的消毒剂,可以消除所有的咒骂和不敬的成分。不过乔吉·巴西特并不这样认为,他坚持说牧师口中的动词和他们说的不太一样。所有男孩子都放肆地使用新得到的特权,不停地说那个词,一直到大家都说得厌倦了。

但是大家对宗教的激情并没有减少,他们再次就谁能当牧师这个话题争论起来,每个人都激动地向赫尔曼陈述理由,让他来评判。赫尔曼很乐意这么做,但有时候也有些迷糊,他似乎并不能做出决定。

中间有一次暂停,乔吉·巴西特开始伸张自己的优先权。"我想问问,是谁最先提出来当牧师的?"他问道,"我很久之前就有当牧师的想法了,我想今天也是我在所有人之前提出要当牧师的。是不是,赫尔曼?你听到我说的,对吧,赫尔曼?你也是在此之后才开始描述你在老家看到的牧师,对吧,赫尔曼?"

"你说得对。"赫尔曼说,"你是第一个提到这个话题的。"

彭罗德、萨姆,还有莫里斯,立刻失去对赫尔曼的信任。

"你是第一个说的又怎么样?"彭罗德大喊,"你即使活到一百岁也当不了牧师!"

"我打赌他母亲不会让他当牧师的。"萨姆说,"她从不让他做任何事情。"

"她会同意的。"乔吉反驳,"在我很小的时候,她就——"

"他太娘娘腔了,当不了牧师!"莫里斯大叫,"听听他说话的声音!"

"我会成为一位很好的牧师!"乔吉大叫,"比你们三个人加起来都要好!"

其他三人一起尖刻地大笑起来。他们嘲笑他、讽刺他、奚落他。任何听到的人,即使是神经比乔吉坚强很多的人,都会受不了。他曾一度压住心头愈加强烈的怒火,反复单调地重复:"我能!我能!我能!"但是他们吵得让他无法忍受,终于,他决定使用刚刚已经被判定为无伤大雅的那个词。他说了一次,发现确实感到安慰许多,于是用那个词替代"我能,我就是能"!

然而,这只给他带来一时的轻松。对他的攻击并没有就此停止,反而愈演愈烈。最后,乔吉头脑发昏,失去理智。他终于无法忍受,眼里露出凶悍的目光,把小莫里斯推开,冲出三个人的包围。

"我会做给你们看!"他突然狂喊,"我马上证明给你们看!"

"他是认真的!"彭罗德叫道,"大家安静一下,安静一下!"

彭罗德立刻掌控了局面,只花了几分钟时间,混乱的场面就变得有序。所有人都同意让乔吉·巴西特来证明自己,并确定了如何测试及测试条件,这个测试简单地称为"赫尔曼测试"。乔吉声称他可以轻松地做到。因为过于激动,他无法冷静思考,否则他可能都不会去尝试。确实,他有些过于自信了。

第二十七章
平静下午的结局

就在他们认真讨论具体细节时,在离这儿不远的乔吉家里,乔吉的母亲迎来了几位女性拜访者,她们约好来喝冰茶,并且与牧师基诺思林先生见面。基诺思林先生对自己教区及附近的夫人小姐们有着巨大的吸引力。虽然他矫揉造作的举止和发音让他没有赢得同行们的什么好感,但女士们的热捧让他得到了更多的安慰,女士们也因为能和他接触而心花怒放。

就在他刚刚踏进巴西特夫人家前门的时候,家里的少爷也带着四个专注而热切的小伙伴,从通往小巷的后门进入自家院子。巴西特夫人即将经历人生中一次"毁灭性"的巧合,此刻她还一无所知。这样"毁灭性"的巧合在斯科菲尔德家和威廉姆斯家里已经发生过多次,如果巴西特夫人允许乔吉与彭罗德和萨姆更亲近些,她就不会对此感到那么陌生了。

基诺思林先生小口喝着冰茶,赞许地环顾四周。七位女士身体前倾,看得出来基诺思林先生要开口说话了。

"这间屋子真是凉快,让人很放松。"他一边说着,一边优雅地做手势,所有人的目光都跟随着,包括他自己的目光,"这里可以让人放松,可以让人得到休息。窗户打开,百叶窗关上,就应该这样。这儿真是个抵抗酷暑的好地方,像一个牢固的堡垒。对我来说,只需一间安静的房间,手中有一本书,轻轻地夹在指间就行。最好是一本诗集,里面有饱含韵律、节奏分明的诗句,只要是创作于维多利亚鼎盛时期的诗歌就行,那之后就再无诗人了。"

"那斯温伯恩①呢?"比姆小姐热切地问道。比姆小姐年纪不小了,但尚未出嫁。"斯温伯恩呢,基诺思林先生?啊,斯温伯恩!"

"斯温伯恩不怎么样,"基诺思林先生清高地说,"他不怎么样。"

关于斯温伯恩的话题就此结束。

比姆小姐困惑地退到另一位女士身后。不知为何,大家都有了这样的印象:比姆小姐有点色情。

"我没看到您的小儿子。"基诺思林先生对女主人说。

"他应该正在院子里玩耍。"巴西特夫人回答说,"我刚刚好像听到他的声音了。"

"无论在哪儿,我都听到人们夸赞他。"基诺思林先生说,"也许我可以说是比较了解男孩子的了。我觉得您儿子很杰出、很优秀,精神纯洁高尚。"

大家异口同声地热烈地表示赞许,也进一步肯定了这一番评价的准确性。巴西特夫人高兴得涨红了脸。客人们列举了很多例子,有关乔吉的行为举止,有关他的美好话语,这些都充分证明了乔吉精神上的完美。

"并不是所有的男孩子都是这样精神纯洁、心灵美好、品格高尚。"基诺思林先生说。他是有切身体会的,他继续说道:"亲爱的巴西特夫人,您有一位邻居,我真是觉得无法再去拜访了,除非更加严格、强硬、有效的纪律能在他们家实施起来。我发现斯科菲尔德夫妇还有他们的女儿都挺不错的,但——"

"哦!"三四位夫人立刻叫了起来,他们异口同声地说了一个名

---

① 斯温伯恩(1837—1909):英国诗人,被称为英国维多利亚时代最后一位重要诗人。

字,那语气仿佛在说:"哦,这可怕的麻烦!"

"哦!彭罗德·斯科菲尔德!"

"乔吉不和他一起玩。"巴西特夫人赶紧说,"他在不伤害彭罗德的情况下,会尽可能地避免和他接触。乔吉很绅士,他不希望给别人带来痛苦。我知道,过多谈论自己孩子会让人厌烦,但是我还是想提一下。就在上周四晚上,祷告之后,乔吉乖巧地看着我,小脸红红的,他说:'妈妈,我觉得我还是要多和彭罗德一起玩儿,我想那样的话他也许会变得更好。'"

房间里立刻响起称赞的声音。"乖巧!真乖巧!多么乖巧的小男孩!啊,真乖巧!"

"就在那天下午,"巴西特夫人继续说,"他回到家里,整个人一塌糊涂。彭罗德泼了他一身柏油。"

"您的儿子拥有一颗宽容的心灵!"基诺思林先生激动地说。他放下手中的玻璃杯,"不用了,谢谢。不用蛋糕,谢谢。红衣主教纽曼①不是说过——"

他的话语被打断,离他最近的百叶窗外传来争执的声音。

"让他自己选一棵树!"这是塞缪尔·威廉姆斯的声音。"我们来这儿不就是为了让他挑一棵自家的树吗?对他公平点,行不行?"

"这些小男孩!"基诺思林先生微微一笑,"他们有自己的游戏,有自己的户外活动,有自己的消遣方式。年轻的肌肉因此得到锻炼,也更加结实。太阳不会伤害到他们。他们在成长,在学习。他们从彼此身上学到公平、荣誉、礼貌,就像溪流里的石子,慢慢变得坚固。他们从同伴身上可以学到更多。他们正在发展,渐渐形成自己的个性。随他们去吧。"

"基诺思林先生!"另一位尚未出嫁的姑娘身体前倾,目光热切,

---

① 约翰·亨利·纽曼(1801—1890):英国神父,诗人,神学家。

181

脸上闪着光,她没有因为之前比姆小姐的遭遇而退缩,"基诺思林先生,我很想问您一个问题。"

"亲爱的科斯力特小姐,"基诺思林先生回答道,他又一次挥了手,并且看着她,"我乐意为您解答。"

"圣女贞德是不是获得了神的启示?"她热切地问道。

他宽容地笑了笑。"是——也不是。"他说,"这个问题必须有两个答案。一个答案为是,一个答案为不是。"

"哦,谢谢您!"科斯利特小姐红着脸说。

"您知道,她是我最喜爱的人物之一。"

"我也有一个问题。"洛拉·卢布什夫人匆忙想了一下,迫切地问道,"我自己一直没想明白,但现在——"

"什么?"基诺思林先生鼓励地说。

"是——啊——就是——那个,对了,梵文是不是比西班牙语还要难学,基诺思林先生?"

"这取决于学生。"基诺思林微笑着说,"语言学家并不是到处都有的。就拿我自己来说——我在理解这两种语言的时候,都没有遇到难以克服的困难。"

"我也可以提个问题吗?"巴西特夫人试探着问道,"您认为戴白鹭羽毛是对的吗?"

"一些代表家族社会地位的标志,是应当被允许的,虽然也许要加强这方面的管理。我通过观察发现,一个人的社会地位几乎能够反映他的精神品德。生活环境的高贵也伴随着精神状态的高贵。这种高贵是世代相传的,从父亲传到儿子,如果有什么比'有其父必有其子'这句话更在理的,那就是——"基诺思林先生殷勤地向巴西特夫人弯下了腰——"那就是'有其母必有其子'。今天下午,在座的这些善良的女士们也谈论到您的——"

"毁灭性"的一刻就在这时候降临。乔吉刺耳的尖叫声突然传到大家耳朵里。那声音极具穿透力,忧虑中带有抗议,歇斯底里。他的叫声中还夹杂着最新获得赦免的、带有诅咒意味的那个词。

巴西特夫人惊恐地尖叫起来,她立刻跳到窗前,推开百叶窗。

乔吉的背部出现在众人的视野中。他正努力地想要爬上一棵枫树,那棵树距离窗边大概有十二英尺远。他的胳膊和腿紧紧贴着树干,向上蠕动,已经到达彭罗德和赫尔曼脑袋的高度。这两人站在一旁认真地看着——很明显,彭罗德是这场表演的总指挥。院子另一头站着萨姆·威廉姆斯和莫里斯·利维,由他们俩来评判嗓门大小。刚刚就是因为他们不满意,乔吉才大叫了一声。

"做得好,乔吉。"彭罗德鼓励道,"他们也能听到你了。大声喊吧!"

"上天堂!"乔吉尖声叫道,又往上蠕动了一英寸,"上天堂,天堂,天堂,天堂!"

他的母亲疯狂地想要吸引他的注意力,但是完全失败了。乔吉拼尽全力,扯着嗓子大喊,他听不到其他任何声音。无论巴西特夫人怎么呼喊都没有用,而其他茶话会成员聚集在窗前,目瞪口呆地看着眼前的一切。

"上天堂!"乔吉大吼,"上天堂!上天堂,我的主!上天堂,天堂,天堂!"

他试图爬得更高一些,却不由得开始往下滑,他用力太猛,把衣服都弄坏了。一颗纽扣飞了出来,他的灯笼裤和束腰带断开了。

"魔鬼抓住了我的衣角,有罪的人啊!可恶的魔鬼抓住了我的衣角!"他随机应变地说。接着他开始往下滑。

他终于放开树干,滑到了地面。

"下地狱!"乔吉尖叫道,因为极度兴奋,飙出了高音,"下地狱!下地狱!我到地狱啦,地狱,地狱!"

巴西特夫人大叫一声,直接跳出窗外,神奇的是,她居然没有扭伤脚踝。

　　基诺思林先生觉得自己应当作为心灵导师出现在院子里,于是从正门跟了过去。在房子拐角处,一个小身影猛地撞到他身上,正是彭罗德。他机敏地发现情况不妙,准备抽身离去。

　　基诺思林先生抓住他的肩膀,抑制不住心中的怒火,恶狠狠地摇晃着他的身体。

　　"你这个可怕的小子!"基诺思林先生大喊道,"你这个小恶棍!等你长大了还不知道会发生什么事,你自己知道自己长大会变成什么样的人吗?"

　　男孩愤愤不平,眼中闪着怒火,他的志向不可动摇。他大声回答道:

　　"我会成为牧师!"

第二十八章

十二岁

忙碌的地球孕育了我们。它像陀螺一样专注于自己的事情,对于其他一切,却不知如何恭维讨好。它沿着自己的轨道稳定地转动着,从来没有因为人类某个重大事件而放慢速度。即使在彭罗德看来它的主要任务已经完成,它也没有停下来喘气休息的意思。巨大的阴影渐渐消失在西边的地平线,这意味着彭罗德十二岁生日的黎明即将到来。

十二岁的来临,就像是通过艰苦奋斗获得了成功。一个男孩子,刚满十二岁时的心情就像一个法国人刚当选为院士一样。

地位和荣誉都在等着他。年纪较小的男孩子会对十二岁的人十分尊敬:他经验丰富,因此他的判断肯定是成熟的,所以,他的影响也是深刻的。十一岁还不那么有说服力:只是接近十二而已。十一岁也会有六岁、十九岁、四十四岁以及六十九岁的不足之处。但是,和十二岁一样,七岁也是一个光荣的年龄,对七岁的向往是值得赞赏的。大家都希望快点到七岁。同样地,二十岁也是值得期待的;不那么严格地说,二十一岁也是如此;四十五岁是中流砥柱之时;七十岁是最值得赞美的,之后的每一年都会增添一份荣誉。十三岁是比较尴尬的,因为这是一个新时期的开始,孩童变成青年。十二岁正是童年的顶峰时期。

那天早上,在穿衣服的时候,彭罗德就觉得世界和昨天有些不一样了。其中一方面就是他似乎拥有得更多了。今天是他的日子,是一个值得拥有的日子。仲夏的阳光从凉爽的天空洒下,金色的光芒透过窗户照进他的房里。他倚着窗台,任凭微风拂过头发。他望向窗外,看见一群鸟儿在领头的带领下叽叽喳喳地从树上起飞,向更广阔的乡村田野飞去,开始一天的劳作。鸟儿是他的,阳光和微风也是他的,因为他们全都属于他生日的这一天,所以肯定都是他的。他感到无比自豪:终于十二岁了!

父亲、母亲还有玛格丽特似乎也明白今天和昨天的不同。当他下楼时,他们已经坐在饭桌前。他们和他打招呼的方式也颇有里程碑式的意义。以往,当他走进一个房间,如果房里坐着家长,空气里总会有一种紧张的气氛。他们会悲伤而无奈地看着他,仿佛在想,"他又要干出什么新的出格的事情?"但是今天早上,他们都笑了。母亲站起来,亲了他十二下,玛格丽特也是。父亲则大喊道:"不错,不错!小伙子今天怎么样啊?"

接着,母亲给了他一本《圣经》,还有一本小说《威克菲牧师传》;玛格丽特给了他一对银制发刷;父亲给了他一本《袖珍地图集》和一个小指南针。

"现在,彭罗德,"早饭后,母亲说,"我要带你去乡下看望莎拉·克里姆姑太。"

莎拉·克里姆姑太是彭罗德所有在世的亲戚中年纪最大的一位,她今年九十岁。当斯科菲尔德夫人和彭罗德在她家门口下车的时候,看到她正拿着铲子在花园里挖着什么。

"我很高兴你带他过来。"她停下手中的活儿,说道,"吉尼正在烤蛋糕,我打算一会儿送到生日派对上去。带他进屋吧,我有些东西要给他。"

莎拉·克里姆姑太把他们带到客厅,那儿有一股与众不同的味道。她打开一个陈列架的抽屉,陈列架虽然老旧,却被擦得闪闪发亮。她从抽屉里拿出一个男孩子玩的弹弓,是由一根交叉的木棍、两根皮筋和一些皮革制成的。

"这不是给你的。"她温和地说着,把它放到彭罗德急切的手里,"这个已经不能用啦。你只要一拉,它就成碎片了,因为它已经有三十五岁了。我想让你把它拿回去给你父亲,我觉得是时候了。你替我拿给他,告诉他,现在我相信他可以好好地用这个了。三十五年前,我从他手里拿走这个弹弓,因为他用这把弹弓打死了我最好的一只母鸡,不是故意的;还打破了我后门门廊里的一个玻璃水罐,也不是故意的。他现在看起来,不像是会做那样事情的人,我猜他已经忘了,甚至不相信自己曾经做过那样的事情,但如果你替我把这个拿给他,我想,他会记起来的。彭罗德,你长得真像你爸爸,一点儿都不英俊。"

最后一点怀旧之后,她就去了厨房,从厨房回来的时候莎拉姑太手里拿了一罐柠檬水,还有一碟曲奇。青花瓷的碟子上面铺了一层黄灿灿的曲奇饼,芳香四溢。这是姑太用自己的独家秘方烘焙而成的。她把点心放到客人面前,接着递给彭罗德一把精巧绝妙、破坏能力近乎无限的机械制品。她称之为"袖珍刀"。

"我猜你会拿着它做一些可怕的事情。"她淡定地说,"我听说你可以用任何东西做出可怕的事情,与其如此,你还不如用这个,玩儿得更开心。他们告诉我,说你是城里最差的男孩儿。"

"哦,莎拉姑太!"斯科菲尔德夫人表示抗议。

"别废话!"克里姆夫人说。

"但今天是他生日!"

"在生日这天说正合适。彭罗德,你是不是城里最差的男孩儿?"

彭罗德一边欢喜地看着手中的刀,一边吃着曲奇饼,心不在焉。

他实事求是地回答,"是的。"

"当然是啦!"克里姆夫人说,"一旦你接受别人对你既定的评价,那就没事了。没人会在意的。男孩子和成年人一样,这是真的。"

"不,不!"斯科菲尔德夫人不由得大叫起来。

"是的,他们就是这样。"莎拉姑太回应道,"只不过男孩子还没到那么糟糕的地步,因为他们还没学会如何伪装自己。等彭罗德长大后,他还是会做和现在一样的事情,不过到那时,每当他为所欲为的时候,他都会编一个小故事骗骗自己和其他人,让他听起来很美好、很高尚。"

"不,我不会这么做的!"彭罗德突然说。

"还剩下一块曲奇。"莎拉姑太注意到,"你要把它吃掉吗?"

"好的。"她的曾侄孙若有所思,"我想我最好还是把它吃掉。"

"为什么?"老太太问道,"为什么你说你'最好'?"

"那个,"彭罗德嘴巴里塞得满满地说,"如果没有人吃,它一会儿可能就干掉了,最后只能扔掉,那样就太浪费了。"

"你已经开始了,不错哦。"克里姆夫人说,"一年前,你会把曲奇饼都吃掉,却不会有这样节俭的想法。"

"您说什么?"

"没什么。我看出来你已经十二岁了,就这样。还有很多曲奇饼,彭罗德。"她说着便离开了,回来时又带来一碟新鲜的曲奇饼,"当然,到了晚上你可能就没胃口了,不如趁现在还早,尽情地吃吧。"

斯科菲尔德夫人看起来若有所思。"莎拉姑太,"她试探性地问道,"您真的觉得彭罗德长大后也不会有长进吗?"

"你的意思是,"老太太说,"彭罗德如果没有长进,就逃不了进监狱了吗?在某些事情上我们的确能够学会控制自己。确实有这样的人,他们是真的希望别人吃掉最后一块曲奇,虽然这样的人不是很常见。但是没关系,世界还是照样运转。"她有些古怪地看着自己的曾侄孙,又补充说:"当然啦,当你观察一个男孩,思考他的人生时,世界好像运转得也没那么快。"

彭罗德非常不自在,他在椅子里动来动去。他知道姑太在说他,但是无法分辨她是不是在夸他,他觉得不是。克里姆夫人给了他答案。

"我猜彭罗德被街坊邻居们认为是祸头子吧?"

"哦,不是。"斯科菲尔德夫人大叫,"他——"

"我敢说邻居们说得对。"老太太平静地接着说,"他正在重复人类的进化史,他要经历从原始人到野蛮人的阶段。你不可能指望男孩子生来就文明吧?"

"嗯,我——"

"就像你不能指望鸡蛋会报晓一样,那是不行的。你必须接受男孩子本来的模样,了解他们的天性。"

"莎拉姑太,"斯科菲尔德夫人说,"我自然是了解彭罗德的。"

莎拉姑太放声大笑。"你认为他父亲也了解他吗?"

"当然,男人是不一样的。"斯科菲尔德夫人辩解道,"但是母亲都了解——"

"彭罗德,"莎拉姑太严肃地问,"你父亲了解你吗?"

"您说什么?"

"估计和了解坐牛[①]一样多!"她大笑道。

"我来告诉你在你母亲心里你是怎样的人,彭罗德。她实际上把你当作修道院里的见习修士。"

"您说什么?"

[①]坐牛:北美印第安部落首领。

189

"莎拉姑太!"

"我知道她是那样想的,因为每当你表现得不像一个见习修道士的时候,她就会对你感到失望。你父亲实际上把你当成一个受过良好教育、懂礼貌的年轻人。每当你达不到标准的时候,他就会很抓狂,认为你欠揍。我肯定,他们俩说过到底该拿你怎么办这样的话。鞭打对你有好处吗,彭罗德?"

"您说什么?"

"去把柠檬水喝光吧,差不多还有一杯。哦,喝吧,喝吧,当然不用问为什么啦!因为你是一头小猪!"

彭罗德乐滋滋地笑了,一边喝着柠檬水,一边越过倾斜的杯沿盯着她看。

"把自己填饱吧,直到不舒服了为止。"老太太说,"你已经十二岁了,如果没什么事情,应当要快快乐乐的。基督教发展了一千九百多年,还有其他事物发展了千万年,一切的一切造就了你,可你就坐在这儿!"

"您说什么?"

"很快就轮到你为了后代更好的生活去奋斗了,去把事情弄得一团糟。"莎拉·克里姆姑太说,"喝你的柠檬水!"

第二十九章

范琼

"莎拉姑太真是一位有意思的老太太。"在回家的路上彭罗德说道,"她为什么要让我把这个旧弹弓还给爸爸呢?她临走前还叮嘱我别忘了把弹弓给爸爸。爸爸不会想要的,而且姑太自己也说,这个用不了了。她比你和爸爸年纪都大,是不是?"

"差不多大五十岁呢。"斯科菲尔德夫人回答道,她转过头看着儿子,表情复杂。"亲爱的,你别用你的新刀去切皮革,车夫会让我们赔偿的——也不要去刮油漆——也不要削你的鞋子。你就不能忍忍等到家再玩吗?"

"我们直接回家吗?"

"不,我们要先去加尔布雷斯夫人家一趟,并且邀请一位陌生的小姑娘来参加你今天下午的派对。"

"她是谁?"

"她叫范琼,是加尔布雷斯夫人的小侄女。"

"为什么说她莫名其妙?"

"我没说她莫名其妙。"

"你说——"

"我是说她不是本地人。她住在纽约,是来这里做客的。"

"她为什么要住在纽约呢?"

"因为她的父母住在那里。彭罗德,你要对她好一点,她从小养尊处优。还有,她不认识这里的小孩子,你要多关照她,别让她在你的派对上感到孤单。"

"好的,妈妈。"

到了加尔布雷斯夫人家后,彭罗德耐心地坐在一张镀金的椅子上,弓着背,听他母亲和加尔布雷斯夫人漫长的寒暄——这是男孩子必须要学会忍受的事情之一:当母亲与朋友见面的时候,他要学会忍受漫长而沉闷的等待。两位大人似乎使用了一些奇怪的语言符号,在他看来,大多数时候两人几乎是同时在说话,使用一种令人完全无法理解的方式来加强语气,这种方式在其他时候并不常见。彭罗德扭动着他的双腿,玩弄着他的帽子,还有鼻子。

"她来了!"加尔布雷斯夫人意外地叫了起来。一位娴静的姑娘走进房间,她头发乌黑,表情亲切,很擅长社交的样子。她才十一岁,但看举止却像是六十五岁般老练,显然,她曾在宫廷里生活过很长时间。她向斯科菲尔德夫人行了一个屈膝礼以答谢对方的问候,然后把手伸向彭罗德。彭罗德从未想过会有这样的荣幸,他很意外自己会遇到这样的事情,有些不知所措。

"范琼,亲爱的。"加尔布雷斯夫人说,"带彭罗德去院子里玩会儿吧。"

"放开小姑娘的手,彭罗德。"孩子们正朝着门的方向走去,斯科菲尔德夫人大笑着说。

彭罗德急忙松开小手,然后诚实地喊道:"又不是我想牵的!"他跟着范琼来到阳光明媚的院子里,两人停下脚步,相互打量。

彭罗德尴尬地看着范琼,不知道干些什么好。范琼倒是十分冷静,她从头到脚打量着彭罗德,直到彭罗德被她看得不自在地动来动去。终于,她说话了。

"你在哪里买的领带?"她问。

"什么?"

"你是在哪里买的领带?我爸的领带是在斯库恩买的,你也应该去那儿买。我肯定你这条领带不是在斯库恩买的。"

"斯库恩?"彭罗德重复道,"斯库恩?"

"就在第五大道上。"范琼说,"男人们都说,那家店的东西很时髦。"

"男人们?"彭罗德模糊不清地轻声重复着,"男人们?"

"你们家都是去哪里过夏天?"小范琼问道,"我们家会去长滩,但是越来越多的中产阶级也开始去那儿了,所以妈妈就不想去那儿了。中产阶级真是令人讨厌,你觉得呢?"

"什么?"

"他们总是那么粗鄙。你肯定会说法语吧?"

"我?"

"我们去年去了巴黎。那真是一座美丽的城市,你觉得呢?你喜欢和平街吗?"

彭罗德一直在迷宫里打转。这个小姑娘似乎一直在说个不停,但是她说的话让人摸不着头脑。当然,彭罗德也不可能知道,她是在模仿她母亲,所以他实际上一直在听她母亲说话。这是他第一次遇到这样的小姑娘,好像一个小大人一样。这种小姑娘冬天住在公寓里,夏天住在宾馆里,于是有了这样神奇的产物。而范琼,虽然还只是个小孩子,已经是这类产物中的翘楚。彭罗德开始对她产生了厌恶的情绪。

"我猜,"她继续说,"我会发现这里的一切都有可怕的西部特征。不过,昨天来了几位客人倒是挺有气质的。你认识马格斯沃斯·比兹家里的人吗?姑妈说他们很有魅力。罗迪也会去你的派对吗?"

"我想他会的。"彭罗德回答道,终于有一句是他能听得懂的了,

"他是个笨蛋!"

"真的吗?"范琼也轻快地叫起来,"你们俩不是铁哥们儿吗?"

"什么是'哥们儿'?"

"天哪!你难道不知道和别人是'哥们儿'是什么意思吗?你真是一个奇怪的小孩子!"

这太过分了。

"真是个疯子!"彭罗德说。

这样说虽然有些粗鲁,但产生了不同寻常的效果。范琼突然很有好感地看着他。

"我喜欢你,彭罗德!"她表达的方式有些奇怪,可能还包含一些其他的情绪,但肯定不是害羞。

"真是个疯子!"彭罗德又重复了一遍,虽然有失风度,但语气已不再那么坚决。彭罗德有些动摇。

"是的,我喜欢你!"她走近一步,微笑着,"你的头发真好看。"

都说海员养的鹦鹉能像水手一样骂脏话。所有孩子都有极强的模仿能力。此刻,早熟的范琼靠近彭罗德,直勾勾地看着彭罗德。如果此刻有一位爱思考的旁观者,一定会想知道:她是从哪里学来的这一套。

彭罗德此刻更加困惑了,不过困惑中明显包含喜悦的情绪,他还想要更多。小孩子们并不知道说话的时候可以这样故意盯着对方的眼睛看。当彭罗德发现可以这样做的时候内心很激动,他从来没有直视过玛乔丽的眼睛。

尽管经历了痛苦、侮辱、柏油、莫里斯·利维等等,可怜的彭罗德仍然暗暗地把玛乔丽当作自己的"女朋友",虽然说不出口,但是他的心意一直没变过。玛乔丽很漂亮,她一头琥珀色的长卷发,笔直的鼻梁,连雀斑都是那么俏皮可爱。她比眼前这位善用社交手段的客人美多了。

"我喜欢你!"范琼温柔地说,声音轻飘飘的。

对彭罗德来说,她就是来自另一个世界的仙女,那个世界比彭罗德的世界更加美好。人心是如此地谦卑,能够美化任何对它说"我喜欢你"的人,哪怕对方只是一个微不足道的小人物。

彭罗德被俘虏了。他咽了口口水,咳了几下,又抓抓后脖颈,断断续续地说:

"好吧——我不在乎你是不是这样想的。我挺乐意的。"

"我们一起在你的派对上跳舞吧。"范琼说。

"我想可以。我挺乐意。"

"你难道不想和我跳舞吗,彭罗德?"

"啊,我愿意啊。"

"不,说你想!"

"嗯——"

他无聊地用脚趾抠着地,眼睛睁得大大的,空洞无神地看着袖子上的一粒纽扣。

他的母亲出现在门廊,正和站在门边的加尔布雷斯夫人道别。

"说呀!"范琼轻声说道。

"嗯,我挺乐意的。"

她好像满意了。

第三十章

生日派对

当斯科菲尔德夫人和儿子回到家的时候,舞场已经搭好,就在院子里的一个平台上。工人们正在把红白色的彩条遮篷竖起来,这是为了保护跳舞的人以免被太阳晒伤。到处都是忙碌的工人,他们在玛格丽特的指挥下认真地干着活。眼前的一切让彭罗德受到了一些冲击,他不由得心跳加速。这些都是为了他呀,他十二岁了!

午饭后,他被精心梳洗打扮了一番,没有一句怨言。这是他有生以来第一次希望自己被打磨、上蜡、抛光,希望自己尽可能地完美。他站在镜子前,整个人焕然一新。他深受鼓舞,希望自己不会像莎拉·克里姆姑太说的那样那么像他的父亲。

他双手戴着白手套,散发着怡人的香味。当他走下楼梯时,脚上那双新舞鞋闪闪发亮。每下一级台阶,他都要跨两步,以便更好地欣赏舞鞋的效果。同时他再深吸一口气,闻闻手套的味道。已经能看出来,彭罗德有信心成为整个舞会最闪耀的主角。

院子里传来调试乐器的声音,有小提琴的"吱吱喳喳",大提琴的浅吟低唱,还有三角铁的"叮叮当当"。彭罗德脸色发白,他开始有点紧张了。

客人们陆陆续续地到了,彭罗德站在母亲身边,在客厅里迎接各位客人。他不停地冒汗,却企图用冷淡的态度来掩盖他的怯场。

不论是不熟悉的客人,还是亲密无间的小伙伴,他都同样轻声哼哼:"很高兴见到你。"这反而增加了儿童聚会开场时的尴尬气氛,不自然的环境让彭罗德混乱了。

索普博士是一位慈祥的老牧师,就是他给彭罗德进行洗礼的,他走过来祝福了彭罗德,当他转身走开的时候,孩子队伍中正好轮到玛乔丽和彭罗德打招呼。她看了他一眼,认为这样算是原谅他了,然后因为是在这样正式的场合,她有礼貌地对他说:

"祝你生日快乐,彭罗德。"

"谢谢你,先生!"他回答道,目光跟随着索普博士,略显呆滞,完全没有认出眼前的玛乔丽。接着,他向站在玛乔丽身边的莫里斯·利维打招呼:"很高兴见到你!"

玛乔丽离彭罗德很近,目瞪口呆。她一脸严肃地观察着彭罗德,她也是第一次遇见这种情况。通常来说,在她心里,彭罗德的角色应该是介于专业捣乱者和大猩猩之间的。所以,当她看到彭罗德点着头,用从舞蹈学校学到的姿势鞠躬,并向客人们致意问候的时候,她觉得太不可思议了。这时候,她听见不远处一个赞叹的声音:

"好优雅的孩子!"

玛乔丽仰头望去——她虽然已经习惯别人对她的赞美,但心中还是有些小得意——自然也有些好奇想知道是谁在说她。原来是萨姆·威廉姆斯的母亲正在和巴西特夫人说话,两位夫人都是来给斯科菲尔德夫人帮忙的,为了让庆祝活动更热闹些。

"真优雅!"

这是玛乔丽人生中遭遇的第二个意外:**两位夫人并没有在看她,她们正笑嘻嘻地赞许一位她从未见过的小姑娘。**这位陌生的小姑娘头发乌黑,打扮时髦,表现得异常镇静,又不失谦逊。她进入拥挤的房间,目光低垂,却散发着自信的气质。她很苗条,气质优雅,衣裙飘飘,这种如画般的美丽对其他姑娘们来说是完全陌生的。范琼的左耳垂还留有细微香粉的痕迹,如果凑近了仔细看,还会发现她的眼睑轮廓用烧焦的火柴勾勒过。

玛乔丽瞪大了眼睛:她瞬间明白了仇恨的含义,本能地用怀疑的态度观察着这位陌生的小姑娘,有一种难以言喻的尴尬和嫉妒。玛乔丽经历了健康活泼的姑娘们都会在某个时刻经历的感受——出现了一个同样优雅的新鲜面孔,让她觉得自己从头到脚都太笨重了。

范琼凑近彭罗德,轻轻地在他耳边说:

"别忘了!"

彭罗德脸红了。

玛乔丽看到彭罗德脸红了,眼睛瞪得更大,眼眸中闪着愤怒的光。

范琼在和斯科菲尔德夫人打招呼,礼貌又不失得体。小罗德里克·马格斯沃斯·比兹走近范琼,她也在罗德里克的耳边轻声说了几句。

"你的头发真漂亮,罗迪!别忘了你昨天说过的话!"

罗德里克的脸也红了。

莫里斯·利维也被新来的这位姑娘所吸引,一直给罗德里克施压。

"罗迪,给我们介绍介绍吧?"

罗迪有些犹豫,不知道是不愿意,还是不知道该怎么做。范琼便自我介绍了起来。不一会儿,她就给莫里斯留下了很好的印象,她得知莫里斯的领带是他爸爸从斯库恩买回来的,于是她私下告诉他,她喜欢波浪式的卷发,并且准备和他跳舞。几分钟后,萨姆·威廉姆斯发现,范琼觉得浅茶色的头发也很迷人。她的品位如此广博,不一会儿身边就围了一圈男孩子。这时候,院子里的音乐家们奏响了进行曲,大家一起兴奋起来。斯科菲尔德夫人让彭罗德陪着这位来自外地的小姑娘走进跳舞的大帐篷。

其他的孩子也纷纷找到舞伴,庄严地列队走出前门,绕过房子的一角,来到院子。在那里,他们发现了喜庆的大帐篷。管弦乐队坐在草坪上,树下是用潘趣酒碗盛放的柠檬水。小伙伴们优雅地踏上平台,一对接着一对,开始翩翩起舞。

"这和我们小时候的儿童派对很不一样。"威廉姆斯夫人对彭罗德的母亲说,"我记得我们那时候总是玩什么'贵格会会议''拍拍手',或者是'抢板凳'之类的。"

"是啊,还有'邮政局''丢手绢儿'。"斯科菲尔德夫人说,"世界变化得真快。想象一下,让小范琼·加尔布雷斯玩'伦敦大桥'的游戏,那会是怎样的画面!彭罗德似乎和她跳得不顺啊,可怜的孩子,他在舞蹈课上的表现不怎么样。"

彭罗德遇到的困难和她母亲想的并不完全一样。范琼正向他展示一种新舞步,轮到下个舞伴的时候,她继续她的教学。她就这样一边跳一边教。舞场上身影交错,人头攒动,十分拥挤。范琼的舞姿极其不同,却没有被大人们发现。他们只是站在一旁看着,慈爱地点着头。

范琼不仅让男孩子们着迷,小姑娘们也被她迷住了。很多小姑娘在舞曲变换的间歇时间围在她周围,迫切地想要认识她。她接受了大家对她的见多识广以及时尚品位的敬意。她向一群又一群的男孩女孩展示这种新舞步,当发现他们从不知道这种舞步时,她表示很惊讶。她解释说,这种舞步在长滩俱乐部已经流行了整整两个季度。她说巴比·伦丝戴尔小姐和乔吉·巴西特在中场休息时跳的那段花式舞太慢了,还认为他们俩"死气沉沉"的。当发现潘趣酒碗里装的是柠檬水而不是香槟时,她又露出了惊讶的表情。

新的舞步立刻普及开来,受到大家的欢迎。新组合的一对对舞伴,每个人都积极地尝试着用这种舞步跳舞。范琼的这个舞蹈实际上起源于东方,在西班牙短暂停留后,又在巴黎吸收了法国舞厅的率真,接着在圣弗朗西斯科遇见一位南太平洋的亲戚,两者结合到一起,后来又增添了一抹新奥尔良黑人的无忧无虑的狂热风情,还加入了来自墨西哥及南美的一些元素。如此一路,一直在三教九流的圈子里流行。直到最后,终于传到纽约的富豪阶层,立刻在上流社会火爆起来。从那以后,这种舞蹈的各种版本就流传到各个场所,那里有成百上千的男范琼和女范琼,由他们传播到全国各地。不论传播到哪里,它都会被人们热切地接受。有一句至理名言是这样说的,真理总站在多数人一边。这句格言让这种舞蹈变得完全纯洁和体面,因为每个人都在跳这种舞。

其实也不是每个人。地球上不会出现比一群孩子跳这种舞更奇葩的场景了。

在范琼的帮助下,在彭罗德的派对上,当冰淇淋和蛋糕送来的时候,已经有一半的孩子正在练习这种神秘的舞蹈。为孩子们服务的夫人们并没有意识到发生了什么,她们退回到屋子里准备茶点。在她们离开之后,孩子们继续练习着这种舞蹈。

"这支乐队死气沉沉的,"范琼对彭罗德说,"我们应该让他们换一些生机勃勃的曲子!"

她向音乐家们走去。

"您知道'斯林戈,斯莱戈,滑动起来'这支曲子吗?"她问首席乐师。

乐师笑着点了点头,用琴弓轻轻叩击他的小提琴。彭罗德跟着范琼回到了舞场,他的胳膊肘无意间碰到了一个身影,这个身影正冷冷地独自站在平台边缘的草坪上。

是玛乔丽。

任何范琼推广的东西,玛乔丽都没有心情去理会,她从一开始就拒绝跳这种新"舞步"。没想到这种舞步大受欢迎,然后她就被整个舞会忽略了,可她曾经是舞会上万众瞩目的小公主啊!见异思迁的彭罗德被范琼搞得晕头转向,他已经完全忘记琥珀色的鬈发,整个下午没有邀请玛乔丽跳一支舞。玛乔丽愤怒的火焰越燃越烈。莫里斯·利维移情别恋,迷上这位纽约来的小姑娘都没有让她这般怒火中烧。从范琼在彭罗德耳边亲昵地说悄悄话,然后彭罗德脸红的那一刻开始,玛乔丽心中就充满了对这两个罪人深深的仇恨。在她看来,彭罗德没有权利允许一个陌生的女孩在他耳边说悄悄话。当那个陌生女孩这样做了之后,他竟然还脸红了,真是可恶至极。应该把那个陌生女孩抓起来。

玛乔丽被人给遗忘了。她独自站在草坪上,紧紧攥着两只小拳头,看着新舞蹈风靡全场。她恨得全身发抖。也许嫉妒可以唤醒对美德的认知,她看出这种舞蹈包含着某种不良元素,不仅仅是不体面的问题,而是更糟糕的东西。她说不清楚是什么,但觉得这是一种应该受到斥责的东西。最后,当彭罗德擦身而过,胳膊肘碰到她却没认出她时,玛乔丽的状态变得十分危险。实际上,在这个关键时刻,如果有一位训练有素的护士碰巧看到她,或许会建议把她带回家好好躺着休息。玛乔丽已经处于歇斯底里的边缘。

她看到范琼和彭罗德相互抱了又抱,乐队突然演奏"斯林戈,斯莱戈,滑动起来",听起来就像是喝醉酒的黑鬼在疯狂地尖叫。每一对小男孩和小女孩都开始随着音乐摇摆起来。

玛乔丽跳上平台,猛地一跺脚。

"彭罗德·斯科菲尔德!"她大喊,"你放规矩点儿!"

这位不同寻常的姑娘揪起彭罗德的耳朵,把他从范琼身边拉过来,让他面对着草坪。

"一直往前走!"她命令道。

彭罗德往前走了起来。

他惊呆了,完全不知道发生了什么事情,只是机械地听从命令,没有任何异议。彭罗德当时的表现,完全就像是一位丈夫正在做坏事的时候被抓现行了。玛乔丽就像是发现这一不轨行为的妻子。值得一提的是,她的动作敏捷决绝,不计影响和后果——这些都是类似困境中的女士们值得学习的地方。

"你应该为自己感到羞耻!"她怒不可遏,"你不为自己感到羞耻吗?"

"为什么?"他茫然而不知所措。

"你给我安静点儿!"

"但我要怎么做呢,玛乔丽?我没对你做什么呀。"他辩解道,"整个下午我都没有看到你——"

"你给我安静点儿!"她喊道,眼里满是泪水,"站着别动!你这个讨厌的家伙!闭嘴!"

她扇了他一记耳光。

他本应该从这记耳光中明白,玛乔丽有多么在乎他。但是他揉揉脸颊,悲愤地宣布:

"我再也不和你说话了!"

"你还是会的!"她呜咽着说,胸口随着说话的气息起伏波动着。

"我不会!"

他刚转身想要离开,却停下了脚步。

他的母亲斯科菲尔德夫人、姐姐玛格丽特,还有她们的朋友们已经享用过茶点,正从房子那边走过来。其他家长和监护人也一起来到院子里准备接孩子回家。马车和汽车已经在大街上等候。但是"斯林戈,斯莱戈,滑动起来"并不管这些,演奏依然在继续。

"他们在干什么?"威廉姆斯夫人倒吸一口气,脸涨得通红,"那是什么?那到底是什么?"

"那到底是什么?"加尔布雷斯夫人惊恐地低声附和,"那是——"

"他们在跳探戈!"玛格丽特·斯科菲尔德大叫,"或者是兔子舞,或者是灰熊舞,或者是——"

"他们只是在跳火鸡舞。"罗伯特·斯科菲尔德说。

母亲们、姑姑们、姨妈们,还有姐姐们惊恐地尖叫起来,纷纷冲向大帐篷。

"真是太可怕了!"一小时后,斯科菲尔德夫人向丈夫描述起今天发生的事情,"但全怪那个奇葩的孩子。她是那么地文静特别——我是说她刚来的时候。我们所有人都在赞叹她看起来多么优雅,多么有教养,简直无可挑剔!她才十一岁啊!我这辈子都没见过像她这样的孩子!"

"我想那就是所谓的新派儿童吧。"她丈夫嘟哝着说。

"她还说应该提供香槟而不是柠檬水!想想就可怕。"

"也许,她是忘记带她自己的酒壶了。"他说着,陷入了沉思。

"但你不为彭罗德感到骄傲吗?"彭罗德的母亲大喊,"正如我告诉你的那样,他站在帐篷外面,离得远远的——"

"我从未想过会有这一天!彭罗德是唯一没跳这种舞的男孩子!他是唯一拒绝的人!其他所有人都——"

"其他每个人都跳了!"她得意扬扬地回答道,"甚至连乔吉·巴西特也跳了!"

"啊!"斯科菲尔德先生拍了拍她的肩膀,"我们终于可以扬起头做人了。"

第三十一章

在栅栏上

彭罗德走到院子里,看着空荡荡的大帐篷。太阳渐渐落下地平线,远远地藏在栅栏后面。西面的一扇窗户闪着金色的光芒,刺得眼睛都睁不开了。属于他的这一天就要结束,他叹了口气,从新外套的内侧口袋里掏出莎拉·克里姆姑太今早给他的弹弓。

他心不在焉地"啪啪"拉动着皮筋。皮筋依然牢固,于是他产生了一种冲动。他找到一块形状还不错的石头,把它固定在皮革处,向后拉开这个古老的弹弓,准备射击。一只麻雀在树枝上蹦蹦跳跳,那棵树就在彭罗德和房子之间,他对准了麻雀。不巧的是,他松手时却被对面窗户反射来的耀眼的光刺到眼睛。

他没打中麻雀,却击中了窗户。"哗啦"一声巨响,惊恐中他看到了父亲。正在刮胡子的父亲猛地低下头,躲避飞射而来的玻璃碎片,然后抬起身来,激烈地挥舞着亮闪闪的剃刀。骂骂咧咧的话伴随着玻璃破碎的声音一起传了过来;断断续续的,却一直没有停。

彭罗德惊呆了,手中的弹弓也坏了。他听见父亲从后房楼梯冲下来的声音,动作迅速,怒不可遏。随后,只见面红耳赤的斯科菲尔德先生脸上顶着白色的肥皂泡,冲出房门,猛扑向自己的儿子。

"你什么意思?"他摇晃着彭罗德的肩膀问道,"十分钟前,你妈妈史无前例地和我说,为你感到骄傲。你现在竟然这样!在我刮胡子准备吃晚餐的时候,从窗户外朝我砸石头!"

"我没有!"彭罗德全身颤抖,"我想射一只麻雀,但是阳光刺到眼睛,然后这个弹弓又坏了——"

"什么弹弓?"

"就是这个。"

"你从哪儿得来的这个可恶的东西?我跟你说了有一千遍了,不准——"

"这不是我的,"彭罗德说,"这是你的。"

"什么?"

"是的,爸爸。"男孩儿温顺地说,"莎拉·克里姆姑太今早给我的,她让我把这个还给你。她说这是她三十五年前从你手中收走的,她说你打死了她的母鸡。她还有一些话让我告诉你,但我不记得了。"

"哦!"斯科菲尔德先生说。

他把坏了的弹弓拿在手里,盯着看了很久,若有所思。然后抬起头,同样若有所思地看着彭罗德,看了更久,然后转过身,朝屋子走去。

"对不起,爸爸。"彭罗德说。

斯科菲尔德先生咳了两下,走到门边,没有回头,答了两句:

"没关系的,孩子。打破一扇窗户,也不是什么大事。"

父亲进屋之后,彭罗德游荡到屋后的栅栏那儿,爬了上去,坐在上面发呆。

一个瘦弱的身影出现了,同样也坐在栅栏上,不过不是彭罗德这边的栅栏,而是对面院子的栅栏。

"嗨,彭罗德!"小伙伴萨姆·威廉姆斯喊道。

"嗨!"彭罗德机械地回应。

"我受到了比利蓝山的攻击!"萨姆大喊,他在描述自己受到的惩罚,这种描述方式他的朋友是一定能听得懂的,"你真幸运躲过了。"

"我知道!"

"如果不是玛乔丽,你也躲不过。"

"嗯,难道我不知道吗!"彭罗德有些激动地大叫道。

"好吧,再见!"萨姆大喊着跳下栅栏,紧接着又传来他友好的声音,声音不大却饱含情谊,"生日快乐,彭罗德!"

这时,彭罗德脚下响起一阵哀鸣,他低头看去,是公爵,那只乱蓬蓬、总是一脸怅惘的老狗。它坐在草丛里,不明就里地望着彭罗德。

那天的最后一道阳光亲切地洒了下来,仿佛给坐在栅栏上的少年送去了祝福。多年以后,再遇到如此安静的日落,他会回忆起十二岁生日以及那个温和的傍晚,脑海中浮现出少年时代的自己在玫瑰色的晚霞中坐在栅栏上,闷闷不乐地看着身旁那只乱蓬蓬的、一脸怅惘的公爵。不过,他还会想起一些其他的事情。他会想起那个时候,在附近一条小路上,一个身着粉色衣裙的身影从遮阴树的后方闪到栅栏遮挡处,琥珀色的鬈发一闪而过。彭罗德刚要起身,发现一片小小的、白色的、类似翅膀的东西从他头顶飘过,接着他听到自由的笑声,还有轻快的脚步声。笑声中带着颤音,脚步声飞速远去。

草丛中,公爵的两个前爪之间夹着一张白色纸条。纸条被折成三角帽的形状,沐浴着太阳射出的最后一缕霞光。彭罗德打开纸条,上面写着:

"我喜欢你。"